Autour d'eux
d'Annie Dulong
est le huit cent soixante-cinquième ouvrage
publié chez VLB éditeur.

La collection « Fictions »
est dirigée par Jean-Yves Soucy.

VLB éditeur bénéficie du soutien de la Société de développement des entreprises culturelles du Québec (SODEC) pour son programme d'édition.

Gouvernement du Québec – Programme de crédit d'impôt pour l'édition de livres – Gestion SODEC.

Nous reconnaissons l'aide financière du gouvernement du Canada par l'entremise du Programme d'aide au développement de l'industrie de l'édition (PADIÉ) pour nos activités d'édition.

Nous remercions le Conseil des Arts du Canada de l'aide accordée à notre programme de publication.

Autour d'eux

Annie Dulong

Autour d'eux

Nouvelles

vlb éditeur
Une compagnie de Quebecor Media

VLB ÉDITEUR
Groupe Ville-Marie Littérature
Une compagnie de Quebecor Media
1010, rue de La Gauchetière Est
Montréal (Québec) H2L 2N5
Tél. : 514 523-1182
Téléc. : 514 282-7530
Courriel : vml@sogides.com

Maquette de la couverture : Anne Bérubé

Catalogage avant publication de Bibliothèque et Archives nationales du Québec
et Bibliothèque et Archives Canada
Dulong, Annie, 1974-
Autour d'eux
(Collection Fictions)
ISBN 978-2-89649-010-3
I. Titre.

PS8607.U43A97	2008	C843'.6	C2008-940008-9
PS9607.U43A97	2008		

DISTRIBUTEURS EXCLUSIFS :

• Pour le Québec, le Canada et les États-Unis :
LES MESSAGERIES ADP*
2315, rue de la Province
Longueuil (Québec) J4G 1G4
Tél. : 450 640-1237
Téléc. : 450 674-6237
*Filiale du Groupe Sogides inc. ; filiale du Groupe Livre Quebecor Media inc.

• Pour la Belgique et la France :
Librairie du Québec / DNM
30, rue Gay-Lussac
75005 Paris
Tél. : 01 43 54 49 02
Téléc. : 01 43 54 39 15
Courriel : direction@librairieduquebec.fr
Site Internet : www.librairieduquebec.fr

• Pour la Suisse :
TRANSAT SA
C. P. 3625, 1211 Genève 3
Tél. : 022 342 77 40
Téléc. : 022 343 46 46
Courriel : transat-diff@slatkine.com

Dépôt légal : 1er trimestre 2008
Bibliothèque et Archives nationales du Québec, 2008
Bibliothèque et Archives Canada

ISBN 978-2-89649-010-3

Pour Martin

Je ne sais plus quand j'ai commencé ce livre.
Je sais seulement quand je l'ai terminé. Le 24 octobre 2006.
Le lendemain, la chronologie est soudain devenue importante.
Et totalement inutile.

L'effacement

J'ai cru très longtemps que ma mère buvait trop, ou alors qu'elle avait un amant, une vie secrète. Je lui ai imaginé une autre maison, avec un autre homme, un homme qui lui parlerait vraiment et se tournerait vers elle lorsqu'elle entrerait dans une pièce. À certaines périodes de ma vie, je lui ai même rêvé d'autres enfants, au moins une fille, qu'elle connaîtrait et aimerait, et qui prendrait le temps de l'écouter raconter ses petites histoires. Cette fille-là ne lui reprocherait pas de se répéter ou de ne parler que de choses inutiles. Cette fille-là serait telle que ma mère pourrait en être fière, et se sentir bien en sa compagnie. D'autres enfants rêvaient d'être adoptés, et moi, je rêvais pour ma mère qu'elle ait mieux que moi comme enfant. N'importe quel thérapeute aurait salivé à entendre cela.

Ma mère était distraite, d'une distraction un peu adorable qui lui faisait oublier qu'elle venait de me punir ou de refuser de m'accorder un second morceau de chocolat. Mais les choses vraiment importantes étaient gravées, solides : elle n'oubliait jamais les noms de mes amis, ni s'ils m'avaient fait du mal. Qui m'avait blessé était banni à jamais des pique-niques surprises, des fêtes d'enfants, des danses ou même simplement de la cour arrière. Elle se souvenait à l'heure près des événements importants : ses fiançailles, mes premiers pas, mes premières menstruations, ce qu'elle faisait lors de tel ou tel moment historique, et surtout ce qu'elle portait et avait mangé ce jour-là. Une telle précision dans le souvenir m'a, à l'adolescence, mortifiée à plusieurs reprises, puisqu'elle ne se gênait pas pour dire à chacun de mes copains toutes ces informations que n'importe quelle fille voudrait voir tues à jamais. Je lui en ai longtemps voulu de ces humiliations, me méfiant chaque fois de ce qu'elle allait dire et à qui elle allait décrire mon nombril à ma naissance. Même adulte, j'ai continué à craindre qu'elle ne révèle au premier venu quelque information trop intime que même moi je souhaitais oublier. J'ai alors cessé de lui présenter les gens vraiment importants, ceux que je tentais d'impressionner, ceux avec lesquels je n'étais pas tout à fait moi de peur que la vraie moi ne les déçoive ou les ennuie.

Aujourd'hui, je voudrais qu'elle oublie les copains que je lui ai présentés probablement pour la faire frémir un peu, pour lui prouver que je ne suis pas comme elle, que je ne suis pas une fille de bonne famille. Chacun d'eux signifiait mon refus de cette vie, du martini du soir, des vêtements bien repassés, des jours qui se ressemblent les uns les autres et se suivent immuablement, chacun porteur de ses rites et de ses symboles. Chaque minable que je lui ai imposé lors d'un souper de famille était le figurant chargé de faire comprendre à ma mère qu'elle ne savait rien de ma vie et que, tant que je le souhaiterais, elle ignorerait tout de moi. De temps à autre, elle risquait un commentaire sur ces hommes que je ne prétendais même pas aimer et qui passaient dans ma vie comme des modes qu'on oublie avec hâte dès que la suivante se pointe le bout du nez. Elle s'inquiétait, sans même se douter du plaisir mesquin que me donnait cette inquiétude.

Elle en a eu marre, un soir, de rencontrer toujours plus de ces hommes, et m'a prise à part, m'entraînant au fond d'un couloir pour me demander de me prendre en main, pour me dire et me répéter que je méritais mieux que cela. Elle a même haussé la voix, ce qu'elle ne faisait jamais, pour me dire qu'elle refusait de rencontrer un autre figurant. Ce soir-là, je crois que je l'ai respectée pour la première fois, simplement à cause de cette prise de position, si rare chez elle. Alors j'ai cessé de lui imposer mes piètres conquêtes. Et j'ai aussi, étrangement, abandonné le réseau des hommes absolument pas faits pour moi. Je me suis retrouvée seule, toutes les nuits, et j'ai enfin pu me mettre à penser. Mais peu de temps après, j'ai découvert qu'un de mes minables (comment savoir lequel) m'avait laissé un souvenir, sous la forme d'un enfant. Et je me suis dit que même si ma vie était pathétique, solitaire et vide, je pouvais sûrement faire pour un enfant ce que je n'avais jamais consenti à faire pour un homme : un peu d'espace, comme on ouvre les bras.

C'est à ce moment que j'ai remarqué quelque chose de bizarre. Peut-être parce que, pour la première fois, je prenais la peine de porter attention aux petits signes. Ou peut-être y a-t-il dans ce genre de maladie des moments de rupture que l'on peut repérer et reconnaître comme de vrais symptômes. Un lundi soir, pour la première fois, j'ai invité ma mère à prendre un café. Je m'y étais toujours refusée, me méfiant de ces circonstances où le simple fait d'être seule avec elle risquait de lui donner le goût de m'imposer des souvenirs ou des leçons de morale. Mais j'avais une bonne nouvelle, une nouvelle qui lui ferait plaisir et qui, peut-être, la rassurerait sur l'avenir de mon âme. Alors, j'ai attendu ma mère sur le coin d'une rue. Elle s'est sûrement méfiée, un peu, mais mes revirements lui étaient connus, elle en avait fait une théorie et moi une façon de vivre. Je savais que, sa méfiance passée, elle serait heureuse de cet enfant à naître, heureuse d'avoir quelqu'un à accueillir, à aimer, heureuse parce qu'elle aurait une raison valable de s'occuper de nous deux, mon enfant et moi. Cette fois, je ne résisterais pas.

Je l'ai attendue très longtemps. Devant le café, en pleine tempête de neige, je sautais sur place, commençant à douter du bien-fondé de mon annonce. Car je pouvais prévoir les réserves de cette femme pourtant nataliste : un enfant, alors que je n'avais pas encore de vraie carrière à trente-quatre ans, un enfant sans père, dans un petit appartement sans pièce fermée, et au troisième étage en plus. Ce qui allait la troubler davantage – l'absence de père, de pièce fermée ou de carrière –, je l'ignorais encore. Mais je comptais sur son excitation, sur ses « ma fille va avoir un bébé », pour calmer ses craintes. Et pour qu'elle puisse me rassurer un peu, je l'avoue. J'allais, avec à peine deux sous à moi, mettre au monde un enfant. Un peu de l'optimisme surexcité de ma mère n'était pas de trop pour m'encourager.

Mais deux heures plus tard, elle n'était toujours pas là. Je suis entrée m'asseoir dans le café, mes pieds gelés ne me supportant plus, et j'ai commencé à craindre le pire. Devant mes angoisses et mes images d'accidents et de corps démembrés, ma bonne nouvelle s'est défraîchie comme une vieille salade. Je suis rentrée chez moi pour appeler mon père. Maman a répondu, l'air guilleret, et m'a tout de suite invitée à souper. Je lui ai demandé ce qu'elle avait fait de sa journée, elle a répondu qu'elle avait cuisiné. Alors je me suis dit que, peut-être, j'avais rêvé ce rendez-vous, et je suis allée chez elle manger un rôti. Quand une mère qui n'oublie rien oublie un café, il n'y a pas autre chose à faire que de l'encourager en mangeant chez elle. Je lui ai annoncé ma grossesse, elle s'est réjouie. Tout allait bien dans le meilleur des mondes.

Après le rôti, j'ai commencé à la suivre à travers la ville, pour voir si mes fantasmes d'enfant étaient fondés : buvait-elle, avait-elle un amant, une vie secrète, un lieu où elle se réfugiait pour fuir les ronds de dentelle, les petits plats, les tailleurs et l'indifférence de mon père ? Restait-il en elle un peu de cette femme vive, presque féroce qu'elle disait avoir été avant son mariage ? Ou alors était-elle toujours égale à elle-même, une de ces femmes en apparence sans histoire qui paradent dans leur fourrure toutes les trois semaines pour aller à l'opéra ou au théâtre ? Au début, je n'ai rien remarqué de particulier : elle sortait tous les jours, faire les courses, fouiner dans les magasins, rencontrer de vieilles amies. Elle rentrait inévitablement à la maison pour préparer le repas de mon père qu'elle posait sur la table à dix-huit heures. Mes parents, sortis tout droit d'un film des années soixante, auraient dû se trouver dans un musée tellement leur vie ne semblait pas leur appartenir, entièrement décidée par l'horloge et les conventions. Avaient-ils toujours été ainsi ? J'essayais, par mes visites de plus en plus fréquentes, de découvrir un reste de passion ou d'affection entre eux. Un peu d'énervement, même, m'aurait satisfaite. Tout sauf cette indifférence étale. Mais il n'y a jamais eu d'éclat, jamais de gestes brusques. Mes parents, ces automates.

Puis, j'ai commencé à discerner, dans la routine, des éléments inexplicables. Elle restait parfois devant une vitrine de longues minutes, sans même vraiment regarder devant elle. Ou alors elle s'absorbait dans l'étude d'un panneau de rue puis baissait la tête vers sa montre, remarquait ses sacs à provision et alors rentrait à la maison. Un jour, je l'ai vue entrer dans une ruelle, malgré la neige. Lorsque je l'ai rejointe, elle m'a regardée, à peine surprise de me trouver là. Je l'ai ramenée chez moi, pas chez elle, chez moi, dans mon minuscule appartement, entre mes boîtes jamais défaites et les vêtements pour l'enfant à naître. Je l'ai enveloppée dans une couverture et lui ai versé un thé très fort. Pendant une heure, elle est restée silencieuse puis elle s'est mise à parler, ne me regardant pas, comme si elle s'adressait à elle-même. Pour la première fois, je l'ai écoutée sans l'interrompre.

Il lui arrivait souvent d'oublier où elle allait. Elle se retrouvait dans la foule du centre-ville, ou l'isolement d'une ruelle, sans savoir d'où elle venait, ni où elle était censée se trouver. Dans ces moments, il lui semblait chaque fois avoir perdu un peu plus d'elle-même, être devenue encore un peu plus invisible. Autour d'elle, les gens continuaient à avancer, à se diriger quelque part, à exister, et elle, elle ne pouvait que demeurer silencieuse, tournant sur elle-même, cherchant dans les vitrines et sur les panneaux publicitaires un indice, le plus petit soit-il, lui permettant de retrouver son chemin. De longs moments, elle restait là, attendant que le monde se remette à faire sens. Puis, comme si tout ce temps elle avait mûri une décision aussi banale qu'acheter ou non un pain pour le repas du soir, elle repartait, l'égarement effacé avec conviction de son visage. Elle rentrait à la maison, trouvant une excuse pour son retard, une excuse valable, plausible.

Cela avait commencé tout simplement : un jour, elle avait oublié un nom. Puis un rendez-vous. Rien de bien grave. La fatigue sûrement. Et puis il y avait dans sa mémoire tant de choses, tant de noms, de numéros de téléphone, de dates importantes. Pourquoi s'étonner que son cerveau décide de faire un choix, de la libérer de toutes ces contraintes ? À soixante ans, après une vie si pleine, se disait-elle, pouvait-on vraiment lui reprocher d'oublier un rendez-vous chez le dentiste ? Mais tranquillement, les oublis se sont multipliés, et les dissimuler se mit à faire partie de sa routine. Mon père, dans un élan de tendresse mal placé, ou de mesquinerie, la surnomma « petite tête », pour toutes ces fois où elle avait mis le rôti dans le four sans l'allumer, ou ces soirées auxquelles ils ne s'étaient pas rendus parce qu'elle en avait simplement oublié l'existence. Dans son ignorance, mon père ne remarquait même pas la fréquence des oublis. Mais ma mère, elle, voyait tout.

En me découvrant dans la ruelle, ma mère, les pieds complètement enfouis dans la neige, baissa les bras. Elle ne savait pas ce qu'elle faisait là, vers où elle se dirigeait quand elle s'était égarée, mais lutter pour camoufler ses absences devint soudainement au-dessus de ses forces. Alors elle avoua, sur le ton qu'aurait pris un évadé épuisé de sa cavale. Ce soir-là, ma mère retraça les étapes de l'évolution de sa maladie. Le premier signe vraiment important, me dit-elle, resterait ce jour où elle avait tenté de forcer la porte de la maison où elle avait grandi, une maison qu'elle avait quittée à dix ans. Elle s'y était rendue tellement souvent, s'y retrouvant malgré elle, que la femme habitant cette maison l'accueillait maintenant avec une tasse de thé. Elle, la première, avait nommé la maladie.

Après ce jour de la ruelle, je me suis mise à écouter, vraiment, à écouter autant mon corps changeant que les histoires de ma mère. Je voulais tout savoir, du fait le plus important au détail le plus minuscule. Ce qu'elle portait lors de l'assassinat de Kennedy, ou lors de la visite du Pape. Si elle avait assisté aux Jeux Olympiques. Ce qu'elle pensait des mariages gais ou de la prêtrise des femmes. Si elle avait aimé un autre homme que mon père. Comment avait été son enfance. J'avais soif de l'entendre, soif de cette voix qui disparaîtrait un jour en laissant un corps à la remorque. Elle parla, pendant ces brefs mois, d'une voix nouvelle, sûre d'elle, sûre de la valeur de ce qu'elle disait. Peut-être est-ce parce que je prenais la peine d'écouter. Ou peut-être avait-elle peur d'être témoin trop vite de son propre effacement. Mais la femme qui devint une habituée de ma maison et avec qui je pris un nombre incalculable de cafés ressemblait à cette femme vive que l'on m'avait décrite comme étant ma mère et qui s'était perdue dans les dédales d'une vie trop petite pour elle.

Nous sommes allées à l'hôpital. Ce n'était que pure formalité. Après mon échographie, nous irions consulter un neurologue. J'aurais un fils, et elle l'Alzheimer. Certains signes ne trompent pas.

Ma mère se meurt, elle disparaît lentement, sous mes yeux, et je n'ai pris que trop tard le temps de l'écouter. Je voudrais, alors qu'elle n'est plus qu'un fantôme, qu'elle me raconte ses histoires, son enfance, ses petites blessures, mais elle reste là, dans sa petite robe de nuit toute blanche, à me regarder. Hier, elle a cessé de me reconnaître. Tantôt, tenant mon enfant d'une main et ma mère de l'autre, j'ai traversé la rue en regardant bien des deux côtés. J'ai aussi dû leur répéter d'utiliser des ustensiles pour manger. Mon garçon se débrouille bien, apprend vite. Ma mère, elle, bientôt, oubliera de respirer.

Antoine

On ferme les yeux pour ne plus voir, pour disparaître, se sauver de la douleur, et c'est ainsi qu'apparaît le déluge : une pluie de mots et de paysages connus qui tombe de nulle part dans le cerveau. Et à la fin, un seul prénom.

ÉLISE TURCOTTE
L'Île de la Merci

Samuel et Elissa se sont rencontrés comme tout le monde, présentés l'un à l'autre par des amis communs. De l'un à l'autre, des années de rencontres fortuites, et cette certitude : ils auraient pu se rencontrer des dizaines de fois dans les cafés, les bars, à l'épicerie, mais ce n'est que ce soir-là, en décembre, que leurs amis communs se sont retrouvés dans le même bar pour fêter la fin des études d'Elissa. À trente ans, elle venait de soutenir sa thèse de doctorat en histoire de l'art sur l'effet de la Deuxième Guerre mondiale dans l'imaginaire des peintres québécois nés entre 1935 et 1950. Entre les pichets de bière et les cosses d'arachides, Elissa tentait de lutter contre un étrange sentiment de vide : qu'allait-elle faire, maintenant que tout était fini, maintenant qu'elle n'avait plus ce poids de la thèse pour l'obliger à se lever le matin et faire taire les fantômes ? À Samuel qui, justement, lui demandait si elle avait des projets pour la suite, elle répondit très sagement qu'elle était trop fatiguée pour prendre des décisions et donc qu'elle allait, au cours des prochaines semaines, faire une cure de sommeil et éliminer de son bureau les traces de l'écriture de sa thèse. Certains se mirent à danser, et tout le monde cessa de parler. Elissa et Samuel restèrent silencieux devant leur verre de bière.

Avant la fin de la soirée, probablement parce qu'elle craignait de retrouver son appartement de thésarde, Elissa accepta une invitation de Félix et disparut avec lui. Ils ne se connaissaient que peu, et elle voulait justement cela, se perdre dans un peu de sexe sans conséquence. Samuel, quant à lui, but trop et rentra en taxi, du moins le supposa-t-il puisqu'il se réveilla chez lui le lendemain matin, couché en travers de son lit et encore tout habillé.

Pendant plusieurs semaines, Elissa resta des heures à regarder le vide de sa table de travail. Elle avait achevé le classement de ses papiers, rangé les livres, éliminé les multiples brouillons de sa thèse et proposé ses services à toutes les universités du Québec. Aucun succès pour l'instant mais, se répétait-elle, une carrière ne surgit pas du vide en quelques jours. Dormir quatorze heures chaque nuit, en plus de siestes, la transformait en philosophe zen et réussissait là où toutes les crèmes du monde avaient jusqu'alors échoué : ses cernes de dix ans d'université disparaissaient, et avec eux cette ride en travers du front que trop de réflexion avait creusée. Elle recommença à sortir, de temps à autre, et perdit tranquillement le sentiment de culpabilité qui l'accompagnait jusqu'alors dès qu'elle quittait sa table de travail. Elle se rendait compte à quel point sa thèse lui avait pesé, à quel point, malgré sa grande solitude, elle n'avait plus été seule pendant les années de rédaction. Lorsque les lilas se mirent à fleurir, Elissa ne se souvenait plus de l'hypothèse centrale de sa thèse et cet étrange oubli l'emplissait d'une très grande satisfaction.

En juin, elle sortit un après-midi de semaine. Elle commençait à véritablement savourer la liberté née de la fin de ses études même si ses ressources s'amenuisaient, le petit héritage de ses grands-parents disparaissant à vue d'œil. Assise à une terrasse, les mains vides puisqu'elle n'avait plus à prétendre étudier, elle regardait les passants de la rue Saint-Denis en buvant un café au lait. Le sommeil avait réveillé son humour, endormi toutes ces années sous les livres. Elle dégustait donc en souriant un gâteau au chocolat, imaginant à quel point un esprit puritain rougirait de la voir savourer avec autant de sensualité ce riche dessert.

Ce ne fut pas un esprit puritain qui se présenta à sa table, mais Samuel. À partir de ce mardi de juin, ils vécurent les débuts de la passion et ne se quittèrent que peu. Elissa avait besoin, malgré ce qu'elle en disait, d'un projet, d'une orientation, aussi ne leur fallut-il que quelques semaines pour décider de vivre ensemble. À Noël, Elissa était enceinte, sa thèse définitivement enterrée, et elle n'avait jamais été aussi heureuse. Elle travaillait dans une librairie, dans la section nouvellement créée des produits culinaires. Elle ne comprenait pas pourquoi un grand marchand de livres devait liquider son fonds littéraire pour vendre de la vaisselle à sushis, des tatamis et des bols à café, mais ne pas voir de livres, même dans une librairie, la reposait.

Si quelqu'un avait dit à Elissa qu'elle choisirait la maternité et le vide d'un travail de libraire « culinaire » après toutes ces années à étudier l'histoire de l'art, il ne fait aucun doute qu'elle aurait souri ou, pire, qu'elle aurait craint cette déchéance. Alexis aurait certainement frémi. Mais alors que grandissait en elle son enfant, la vie devenait de plus en plus simple, et ce qui avait jusqu'alors dirigé son existence lui apparaissait de plus en plus futile. Elle se consacra à son enfant avec la même détermination qu'elle avait mené à terme ses études, et ce n'est que lorsque leur fille eut deux ans qu'Elissa chercha et trouva un poste à l'université.

*

Lorsqu'elle se rappelle ces premières années avec Samuel, Elissa ne peut s'empêcher de penser avec affection à lui, à sa patience, à leur intimité à la fois intense et paisible. Ils sont heureux, partagent leur vie sans effort mais sans complaisance, et Elissa croit malgré elle un peu plus à ce que les philosophes appellent cette moitié manquante que les humains sont condamnés à chercher. Pourtant elle se réveille parfois en sursaut, le cœur battant, avec en tête, comme un mal lancinant, les accusations et les reproches d'Alexis. Quinze ans après sa dernière rencontre avec cet homme, elle entend toujours les paroles assassines de cette voix devenue malgré elle sa conscience et qui continue de la hanter, empoisonnant chacune de ses réussites. Il lui vient des désirs de gifler Alexis, de lui assener quelques vérités au visage, de lui rendre la pareille, une bonne fois pour toutes, et de lui dire ce qu'elle n'a jamais osé lui dire, pendant toutes ces années où ils ont été amis. Qu'il est lâche, qu'il n'a pas le courage de ses désirs. Que malgré toutes ses tentatives pour se garder jeune, il est vieux, désespérément vieux. Mais, surtout, elle voudrait qu'il sache à quel point il l'a blessée, et le temps qu'il lui a fallu pour qu'au moins, sans être totalement débarrassée de ses critiques, elle puisse leur opposer sa propre voix.

Pendant des années, ils se sont côtoyés, semaine après semaine, mois après mois. Elle était très jeune, il était « mature ». Peut-être se cherchait-elle un père, ou à tout le moins quelqu'un à admirer. Quelqu'un, oui elle s'en souvient, qui la protégerait, la rassurerait. Ils aimaient les livres, les arts, les idées et, à chacune de leurs rencontres, ils parlaient, de longues heures, de tout et de rien, de leurs projets, de l'actualité, des études et du travail. Mais après un moment, il a semblé à Elissa que l'objet n'était plus tant le réel, dehors, ou encore ce monde qu'il appelait celui de l'esprit, mais elle. Elle dans ses défauts, ses progrès nécessaires, elle dans cette image qu'elle tentait de lui donner d'une jeune femme intelligente, sensible, séduisante. Élégant Pygmalion, il avait entrepris de faire son éducation, de la transformer, de la modeler.

Elle ne sait pas trop pourquoi ils ont cessé de se voir, sinon l'impression d'un grand malentendu autour de leurs intentions respectives. Il reste qu'après plusieurs années d'amitié leur lien s'est dissous, et ils ne se sont plus adressé la parole, ne se sont même plus croisés. Peut-être sa recherche d'une figure paternelle s'était-elle embrouillée. Peut-être avait-elle réussi à faire naître chez l'homme un doute trop difficile à supporter. De temps à autre, il lui a semblé sentir son parfum dans des lieux publics, mais chaque fois qu'elle s'est retournée en espérant le voir bouquinant ou parlant, elle n'a trouvé qu'un inconnu, jamais le même. Peut-être les amis, lorsqu'on cesse de les voir, disparaissent-ils de la surface de la terre.

Avec le recul, il lui semble qu'Alexis n'a eu de cesse de la dépecer, de la démembrer pour tenter de lui donner une autre forme, une forme qu'il considérait plus acceptable, plus appropriée. Elissa accuse leur différence d'âge, leurs histoires opposées, des désirs cachés, une admiration mal placée. L'effet négatif de cette dissection a toutefois continué à se faire sentir, plongeant Elissa dans des doutes ponctuels et faisant en sorte qu'encore aujourd'hui, chaque jour avant de sortir de chez elle, elle passe en revue son apparence et entend la voix d'Alexis critiquer son manque de féminité, son visage, ses vêtements.

Ces jours-ci, son bureau de l'université est devenu le lieu de l'obsession. Elle écrit, sans arrêt, ce qu'elle n'a pas pu dire quand il le fallait. Elle écrit par colère, pour qu'Alexis, même s'il ne la lira jamais, sache enfin qui était cette personne devant lui, durant toutes ces années. Elle l'écrit tel qu'il lui est apparu, isolé derrière ses bibelots précieux et ses idées.

Peut-être est-ce à cause de l'enfant qui s'en vient. Ce sera un garçon et, pour la première fois, Elissa ne peut chasser Alexis de son esprit puisque Samuel a proposé ce nom pour leur fils. Il ne comprend pas pourquoi Elissa s'y refuse avec tant de véhémence. Elle n'ose pas lui parler de cette étrange aventure de sa jeunesse, alors elle dit qu'elle y pensera, souhaitant en silence parvenir à libérer ce nom de son passé. Elle sait que son fils ne pourrait pas s'appeler Alexis, mais il faut tout de même qu'elle parvienne à éliminer l'homme de ses pensées, que cesse son emprise sur elle. Qu'il la voie, pour la première fois, véritablement : elle n'est plus cette gamine timide, elle est une professeure reconnue, ses travaux sont respectés, elle est aimée de son mari et de sa fille, elle attend un second enfant, ses amis apprécient sa générosité et son sens de l'humour.

Elle décide donc un matin, alors qu'elle se tient devant son miroir avant de sortir et qu'elle entend la voix d'Alexis noter le pantalon et le chandail – mais c'est samedi, oppose-t-elle à la voix, je suis en congé, et fatiguée, et enceinte de sept mois –, elle décide de provoquer une rencontre au lieu d'attendre de croiser Alexis. Elle veut, a besoin de lui montrer qu'elle est devenue quelqu'un malgré lui. Il faut qu'elle se libère enfin de cette voix enquiquineuse qui l'écœure et teinte toutes les beautés de sa vie.

Il lui faut quelques jours pour retrouver Alexis. Il ne travaille plus et a déménagé, et comme il a toujours montré une méfiance envers le progrès, il ne dispose pas d'une adresse électronique. Elle finit quand même par réussir à le joindre. Au téléphone, il semble surpris d'entendre sa voix mais content. Ils échangent les informations d'usage, puis :

– Que dirais-tu de se revoir ? demande Elissa.

– Oui, bien sûr, répond-il. Pourquoi pas un lunch ? Je suis pris ce week-end, mais la semaine prochaine, ce serait possible.

Intérieurement, Elissa ne peut s'empêcher de sursauter en entendant ce « grand défenseur » de la langue française incapable de l'inviter à dîner et incapable de parler de « fin de semaine ». Mais elle répond, d'une voix enjouée :

– Très bien, voyons-nous pour dîner. Je n'ai pas cours le mardi, alors j'aurai tout mon temps. Est-ce que cela t'irait ?

Parce qu'ils se verront dans quelques jours et que Camille vient d'entrer dans le bureau d'Elissa avec un devoir de mathématiques, leur conversation s'interrompt aussitôt que le lieu est décidé. Bien sûr, pense Elissa, nous irons sur ton territoire. Alexis n'aime pas les petits restaurants que Samuel et Elissa adorent, il lui faut un restaurant plus « adulte », un restaurant dont il connaît, idéalement, le propriétaire. C'est qu'il a ses habitudes, les mêmes, probablement, depuis trente ans. L'entendre lui proposer le restaurant de leur dernière rencontre fait sourire Elissa. Il n'a pas changé. Et, surtout, il est nerveux. Ils iront donc au centre-ville, au restaurant préféré d'Alexis.

Alors que les quelques jours séparant leur rencontre s'écoulent, Elissa ne peut s'empêcher de se demander à quoi elle a bien pu penser. Qu'espère-t-elle de cette rencontre ? Que lui dira-t-il ? Et, surtout, qu'a-t-elle à lui dire ? Que dire à quelqu'un qui possède un tel ascendant depuis si longtemps ? Samuel est inquiet, il la trouve trop anxieuse. Alors elle lui raconte l'histoire, lui parle de la rencontre à venir et lui confie que cette rencontre l'inquiète. Comme toujours, il est extraordinaire. Si elle pouvait seulement ne plus entendre la voix d'Alexis, elle ne douterait plus de la sincérité de Samuel.

Le mardi arrive. Elissa est prête. Devant la porte du restaurant, elle s'arrête un instant, cherchant Alexis à l'intérieur. Elle ne veut pas arriver avant lui. Elle veut qu'il la voie s'avancer, ventre en avant, même si elle sait à quel point son attitude est puérile. Il est là, seul à sa table. Elle entre. Et lorsqu'elle arrive près de lui, elle se sent envahie de cette toute-puissance dont les gens parlent au sujet des femmes enceintes et qui lui échappait jusqu'alors. Cet homme, légèrement voûté, un peu chauve, ne peut plus rien contre elle. Il est vieux, sans enfant, sans femme. Elle est jeune encore, et pleine de cet enfant à venir. Il la disait incapable d'amour, et pourtant c'est lui qui est seul. Un élan de tendresse la submerge. « Tu n'as pas changé », lui dit-elle. Et c'est vrai. Elle croit reconnaître les vêtements, la cravate, la montre. Et alors il ouvre la bouche, sourit et entreprend un relevé de l'apparence d'Elissa, ses cheveux, sa peau, ses vêtements, tout en faisant un incroyable effort pour ne pas même regarder son ventre, pourtant énorme. Après tout ce temps, il est encore capable d'ignorer ce qui se trouve juste sous ses yeux.

« Tu ne m'as jamais connue », lui dit-elle. Et, pour la première fois, cette certitude la rassure et elle peut quitter le restaurant et rentrer chez elle, retrouver Samuel et Camille. Elle le sait maintenant : leur fils s'appellera Antoine.

Béatrice

Béatrice a treize ans et il lui semble que ses vêtements ne seront jamais assez grands. Elle se promène les bras croisés sur la poitrine et ne lève jamais les yeux. C'est tout nouveau, se disent ses parents. Ce doit être l'adolescence. Béatrice, décroise les bras, regarde-moi, supplie presque son père. Mais Béatrice ne sait plus comment regarder les gens dans les yeux.

Elle rentre de l'école, verrouille les portes, allume le téléviseur et ouvre un sac de biscuits. Avec un verre de lait. C'est son rituel. Elle n'a pas de devoirs. Elle les fait à l'école, pendant les récréations. Lorsque ses parents reviennent de travailler, elle s'enferme dans sa chambre. Ne descend que pour le repas.

Sourire en coin, sa mère discute des nouvelles habitudes de sa fille avec une belle-sœur et dit que, peut-être, Béatrice est amoureuse. Mais de qui ? s'interrogent les deux femmes.

Pendant ce temps, Béatrice disparaît dans le fauteuil du salon.

Béatrice a quinze ans. Elle a engraissé mais cela ne paraît pas, ses vêtements la rendent complètement informe. Elle ne lève toujours pas les yeux, et ne dépasse pas les onomatopées lorsque ses parents l'interrogent sur sa vie. C'est une adolescence difficile, se disent-ils.

Elle a une vie imaginaire. À ses parents, elle dit qu'elle a des amis. À l'école, elle est pourtant seule. Personne ne lui parle. Elle ne parle à personne. Elle ne regarde personne. Personne ne la voit. Au moins, personne ne rit d'elle, ce qui est déjà, dans une polyvalente, un luxe incroyable. Des enseignants se sont intéressés à elle, ont tenté de la faire parler. Elle a compris qu'elle devrait être plus prudente. Cela fait deux ans qu'elle travaille à se rendre invisible. Et c'est une réussite.

Béatrice a dix-sept ans, elle ne fait plus de vagues, ne crie plus, ne rit plus et passe complètement inaperçue. Dans son album de finissants, elle n'apparaît sur aucune photographie même si elle n'a manqué aucune journée d'école. En voyant son nom, certains se demanderont qui est cette fille. Mais elle marche encore les bras croisés et les yeux rivés au sol. Pour ne pas déranger. Pour ne pas être remarquée.

Béatrice a vingt ans, elle n'en aura jamais vingt et un. Elle a décidé que c'était assez. Elle s'est souvenue, en regardant des photographies de son enfance, qu'elle a déjà été une fillette pleine de vie. Frondeuse. Elle s'est souvenue que, jadis, il fallait la faire taire. Maintenant, elle ne parle plus. Ni à l'école ni à la maison. Elle voudrait bien que cela change, mais elle ne sait plus comment. Tout ce qu'elle sait, c'est qu'elle ne sent plus rien. Son odorat a disparu. Et c'est mieux ainsi. De cette façon, elle ne sent pas ses mains sales lorsqu'il la touche. Ni son haleine fétide lorsqu'il se force en elle. C'est la dernière fois. Elle dit non. Comme chaque fois. Mais elle sait que cela ne change rien, que non ne veut rien dire, qu'il va continuer. Béatrice sourit un peu. Il croit que c'est parce que cela lui plaît.

Mais il ne sent pas la lame s'enfoncer lentement.

Cela va très vite. Il devient mou. Elle le repousse. Elle ne veut pas faire ce qu'elle a à faire ici. Elle ne veut pas mourir en même temps que lui. Elle se lève, prend son manteau et sort. Il ne bouge pas mais la regarde, et dit son nom. Béatrice. Si Béatrice n'avait pas décidé de mourir, il faudrait qu'elle change de nom, pour ne plus jamais l'entendre.

Elle n'a plus peur lorsqu'elle atteint la porte. Il aurait fallu qu'elle prenne la décision avant.

Béatrice a vingt ans et, alors qu'elle sent le trottoir sous ses pieds, elle remarque que c'est le printemps et que l'air est rempli du parfum des lilas. Elle lève les yeux. Un lilas blanc. Et alors non. Non. Elle répète non. C'est un non qu'elle entend. C'est un non que tout le monde entend. C'est un non qui fait s'arrêter les regards sur elle, et elle retourne ces regards.

Et parce qu'elle sait qu'il se vide lentement de son sang, et parce qu'elle sait qu'elle n'aura plus jamais à dire non, elle sourit. Et voilà. C'est tout.

Un danois au printemps

Jour après jour, depuis presque sept ans, Nadia répète les mêmes gestes, pour elle et pour ses enfants. Jour après jour, le sourire aux lèvres, elle les conduit à l'école ou à la garderie, puis se rend au travail, sourit, revient les chercher, les nourrit, les lave, les couche. Jour après jour. Mois après mois. Ce n'est ni un sacrifice, ni une corvée. Le sourire n'est pas faux. Nadia a la vie dont elle a toujours rêvé, avant même d'en avoir conscience, elle aime l'homme avec lequel elle a eu ses enfants, elle aime ses enfants, son travail, sa maison.

Il y a huit ans, lorsqu'elle a rencontré Pierre, elle vivait dans un petit appartement avec pour seule compagnie deux matous rescapés d'un hiver particulièrement froid. Les sauver avait été pour Nadia un grand projet, presque humanitaire, la preuve qu'elle pouvait faire une différence dans la vie de quelqu'un. Elle les avait trouvés dans une ruelle un lundi soir de février. Le thermomètre indiquait une température record de moins 35 °C, il ventait et la neige poudroyait. Nadia revenait de travailler, elle était assommée par les tâches idiotes que son superviseur lui avait infligées toute la journée et se demandait en quoi vérifier l'occurrence du deux-points dans les documents ministériels apportait quoi que ce soit à la vie politique et sociale du Québec.

Sous le foulard destiné à la préserver des vents – l'autobus l'ayant savamment ignorée, elle n'avait eu d'autre choix que de marcher les deux kilomètres la séparant du métro –, elle grommelait la série d'insultes qu'elle aurait pu, si elle avait été une autre personne, lancer au visage de son patron. La ville avait, encore une fois, négligé le déneigement des trottoirs, sous prétexte qu'un arbre obstruait le passage de la chenillette, et Nadia se retrouva le visage dans une congère. Elle leva la tête et, alors que la neige s'infiltrait dans son manteau en lui glaçant les poignets, aperçut les deux chats, serrés contre le béton froid de l'immeuble. Ils étaient à peine vivants mais Nadia décida tout de même de les emmener chez elle, histoire de leur donner, au moins, un peu de confort avant leur mort. Après quelques mois de nourriture spécialisée, de visites d'urgence à la clinique, de traitements sophistiqués et ultimes, le vétérinaire annonça qu'il n'avait jamais vu deux chats pourtant condamnés en si grande forme. Nadia en éprouva tant de joie que son visage resta illuminé pendant des semaines. Elle retrouvait chaque soir ses deux chats enroulés l'un autour de l'autre.

C'est dans la foulée de cette réussite qu'elle rencontra Pierre. Abandonné par sa femme, aussi solitaire et dépressif que Nadia était euphorique, et déterminé à trouver une femme qui ne le quitterait jamais, sur laquelle il pourrait compter. Rien de plus séduisant pour Nadia, qui fit de Pierre son nouveau projet humanitaire. Et il ne leur fallut pas longtemps pour habiter ensemble, après que Pierre eut – pour elle mais aussi pour lui, lui répétait-elle sans arrêt – cessé de fumer.

Parce qu'il était un peu vieux jeu, mais aussi très romantique, il lui offrit une maison, celle dont elle avait toujours rêvé, une maison en bois, avec de multiples coins et recoins pour se cacher ou pour s'arrêter un instant et regarder au-dehors. Autour de la maison, ils construisirent une grande galerie, y placèrent quelques chaises et même l'une de ces balançoires que l'on entend parfois grincer la nuit, lorsqu'il vente un peu. Une rivière se devinait derrière, grossissant au printemps, se limitant à un filet l'été. Ils se marièrent pour rendre leur pacte officiel : elle ne le quitterait jamais, serait toujours là, souriante. Il deviendrait heureux, c'était promis.

En sept ans, Nadia et Pierre eurent deux enfants (une fille et un garçon), deux chats (un pour chaque enfant), un chien (pour Pierre) et un gazebo (pour Nadia). Leur deuxième enfant, une fille qu'ils appelleraient Alexandra, n'était pas encore née lorsque Pierre transforma le grenier de la maison en immense salle de jeu même si, selon Nadia, James était beaucoup trop jeune pour se retrouver si loin d'elle. Elle ne voulait même pas imaginer ce qui pourrait arriver entre le grenier et le rez-de-chaussée mais ce projet apportait tant de joie à Pierre que Nadia engrangea ses craintes très loin dans son esprit et décida de faire confiance au sourire qui flottait maintenant autour de Pierre.

Le jour où Pierre, alors que Nadia était enceinte à exploser de leur fille, lui fit une fête avec tous leurs amis et leurs familles, Nadia sut que la partie était gagnée : Pierre avait perdu cet air égaré, cette aura de tristesse qui avaient attiré Nadia. La perfection, voilà ce qu'elle pensa ce jour-là. N'eût été le fait que c'est de sa vie dont il s'agissait, elle aurait probablement souri d'un air incrédule devant autant de perfection. Mais elle y crut, alors elle ne pensa pas à trouver cela trop beau pour être vrai, ou à craindre une catastrophe.

*

Tous les matins, Nadia et les enfants partent avant Pierre. Pierre travaille un peu plus tard, et un peu moins loin. Il est consultant pour des entreprises agricoles, et son territoire se limite à celui du village. Voilà pourquoi il a offert cette maison à Nadia : ainsi, il n'est jamais loin, en quelques minutes il peut courir à la garderie ou à l'école si les enfants ont besoin de quelque chose. Parfois, Pierre se dit qu'il devrait voir un peu plus grand, élargir sa clientèle, histoire de gagner un peu plus de sous, pour faciliter leur vie. Mais il aime être tout près. Cela le rassure.

Il a souvent offert d'aller reconduire les enfants, ou l'un des enfants. Mais Nadia aime ce temps seule avec eux. Elle dit que James raconte toutes sortes de choses, qu'il s'imagine tellement d'aventures et de monstres que, parfois, elle s'inquiète de la capacité de leur fils à « vivre dans la réalité ». Pierre ne se fait pas de souci pour ce genre de choses. Depuis son divorce, depuis qu'il a rencontré Nadia, Pierre ne s'en fait plus : il est convaincu que rien ne peut leur arriver et que si quelque chose arrive, ils sauront comment régler le problème.

Il faut le dire tout de suite : Pierre aime régler les problèmes. Il en a fait son métier, bien sûr, mais cela va un peu plus loin. Pour lui, la résolution des problèmes, des conflits, leur élimination est une question de survie.

Mais chaque fois qu'il aide Nadia à installer les enfants dans la voiture, lorsqu'il entend la petite voix de James continuer l'histoire commencée – selon Pierre – avant même que James puisse dire son propre nom, Pierre ne peut s'empêcher de frissonner un peu. Car il sait que s'il devait arriver quelque chose à ces personnes ficelées dans leur siège comme des saucissons, il ne saurait pas quoi faire.

*

La route est calme. James babille à l'arrière, le grand James qui, du haut de ses six ans et demi, découvre le monde. Ce n'est qu'un jour comme les autres, Pierre les a installés dans la voiture, Alexandra s'est endormie, James s'est mis à parler, et Nadia a entrepris son trajet quotidien en écoutant d'une oreille son fils, et de l'autre le bulletin de nouvelles à la radio. La route de campagne longe une rivière qui a probablement, il y a longtemps, été majestueuse. Aujourd'hui, à cause des barrages et autres constructions humaines le long de ses berges, elle se limite à un petit ruisseau, au débit en apparence plutôt lent. Des arbres fragiles en gardent les berges et, entre eux, on aperçoit, sur l'autre rive, des maisons. Ce côté-ci de la rivière n'est que peu peuplé, hormis quelques maisons de ferme. Au printemps, parfois, le sol s'effondre et alors il faut faire un long détour, la route étant fermée le temps que soit reconstruit, à la va-vite, le lien entre le village et la campagne. Le maire, philosophe, a décidé au cours de son premier mandat, il y a vingt ans, qu'il ne servait à rien d'investir plus que nécessaire dans ces réparations parce que, disait-il, la rivière réussirait toujours à reprendre ses droits sur la route.

Pour se rendre au village, il faut donc emprunter cette route étroite et sinueuse. Tout, de chaque côté de la route, est brun : arbres dégarnis par l'hiver, terre en attente des semailles, rivière embourbée par la fonte des glaces. Même les vaches, dans ce rang, sont brunes. Nadia rêve de vert, ou alors d'un peu de ciel bleu. Mais il n'y a, ce matin-là, que de rares voitures pour rompre la monotonie du paysage.

Alexandra dort à l'arrière, comme toujours. Nadia a bien essayé de l'intéresser aux champs et aux vaches, mais la petite, pour l'instant du moins, semble avoir décrété que rien de tout cela ne justifie son attention. James babille, raconte des histoires, et Nadia, un peu distraite, ne sait plus trop de quoi il parle. Elle reconnaît seulement dans la voix de son garçon une curiosité qui lui fait scruter les choses comme si elles détenaient un secret. Oui, voilà, il lui dit ce qu'il peut lire. Depuis qu'il a commencé la première année, James ne quitte plus les livres. Dès le premier jour, il est rentré de l'école le visage enflammé, et ses petites mains n'allaient pas assez vite pour sortir son premier livre de lecture de son sac d'école. Ce jour-là, il avait appris à lire Léo et Léa. Nadia avait oublié cet engouement pour la lecture. Elle avait oublié à quel point il fait bon, lorsqu'on est enfant, découvrir que ces signes mystérieux forment des mots, et les mots des phrases, et qu'avec les phrases, on peut raconter ou comprendre une histoire.

Nadia tourne la tête un instant, pour voir l'enthousiasme de son fils. Et pendant que James continue de réciter les mots qu'il sait maintenant lire, Nadia regarde son petit visage, ses taches de rousseur, et James crie « voiture ». Devant eux, une voiture rouge s'enroule autour d'un arbre. Elle ne l'a pas vue. Un tout petit moment, une fraction de seconde à peine, elle a été trop occupée à voir le monde sur le visage de son fils, et sa voiture s'est déportée sur la gauche dans la courbe d'un petit rang de campagne.

Nadia a longtemps cru que les accidents se produisaient dans un grand désordre de bruits de tôle froissée, de klaxons, de crissements de freins et de cris. Mais cet accident est étrangement silencieux, presque calme. La petite Lada achève sa route sur un arbre pendant que la voiture de Nadia, légèrement touchée par celui qui tentait de l'éviter, tourne sur elle-même. Et comme si Nadia avait réussi, au terme d'une manœuvre extraordinaire de précision, à choisir exactement l'endroit qu'il fallait pour éviter les arbres, les poteaux, les fossés et les traverses de béton qui permettent aux tracteurs de passer de la route aux champs, elle se retrouve enfoncée dans la terre détrempée, assez loin de la Lada rouge.

Il semble à Nadia que quelques minutes s'écoulent entre le cri de James et la fin de l'accident. Avant que sa voiture cesse de bouger. Son esprit est vide, elle n'entend aucun bruit, et les seules images devant ses yeux sont celles qui ont précédé l'accident : le brun tout autour, les taches de rousseur de James, l'abandon du visage endormi d'Alexandra.

*

L'urgence de l'hôpital est, comme toujours, surchargée. Des gens sont assis dans la salle d'attente, certains sont plus pâles ou plus verts que les autres. Malgré la présence de tous ces adultes et ces enfants attendant depuis parfois des heures, malgré les conversations, les discussions, les soupirs et les pleurs, le calme de l'endroit inquiète Pierre. Il lui semble que cette vingtaine de personnes sait ce qui lui arrive, ce qui arrive à sa famille, il lui semble que toutes les conversations s'arrêtent lorsqu'il se présente à la réception de l'urgence. Ils savent, il en est convaincu, ils savent avant lui que sa famille est morte. Leur silence l'effraie. Il erre, tentant de trouver à qui il doit s'adresser, qui il doit chercher en premier, sa femme ou leurs enfants. Il sait seulement qu'il doit les trouver. Dans un corridor, il voit enfin James, assis sur une civière avec un ourson à ses pieds. Le garçon, dès qu'il aperçoit son père, se met à parler, à interroger Pierre sur sa maman, sa sœur, le chien. Mais Pierre n'a pas de réponse. Il avance seulement, son fils dans les bras, et distraitement lui dit que tout va bien, et qu'ils vont retrouver Maman et Alexandra. Les corridors de l'hôpital sont si longs, si étroits, et Pierre devine plus qu'il ne l'entend une infirmière derrière lui. Elle le talonne, lui répète qu'il ne faut pas déplacer les patients, qu'il faut les laisser sur leur civière, sinon comment les gens s'y retrouveraient-ils.

Alors même qu'elle s'entend parler, alors même qu'elle sent son exaspération monter, Jeanne ne peut faire autrement que de se détester. L'homme cherche sa famille. Elle devrait avoir un peu de compassion, un peu de compréhension, elle devrait se souvenir de cette peur-là, lorsqu'on croit que son monde vient de disparaître et qu'on ne peut faire autrement que de courir dans des corridors qui sentent le désinfectant. Elle guide Pierre vers un cubicule où deux civières sont disposées côte à côte, puis referme la porte et se dit qu'elle devrait songer à la retraite, ou à travailler dans un CLSC.

Nadia dort, les deux mains posées sur son ventre comme si elle voulait retenir quelque chose. Alexandra est calme, seule dans un grand lit à barreaux, presque une prison, avec le blanc du plâtre sur son bras qui attire le regard de Pierre. Elle ne pleure pas, ne parle pas, ne tend pas les bras. Elle est seulement là, ses grands yeux alertes, et elle regarde son père se pencher vers elle et lui dire tout doucement que tout va bien. Et alors Pierre se rend compte qu'il retient son souffle depuis qu'une voix froide au téléphone lui a annoncé que sa famille avait été impliquée dans un accident, et qu'il devait se rendre tout de suite à l'hôpital. L'infirmière a eu beau lui répéter que tout allait bien, qu'il n'y avait rien de grave, quelque chose s'est arrêté en lui, comme si le temps, soudain, cessait de faire sens.

*

Nuit blanche. La vieille horloge a ponctué chacun de ses faux cauchemars, l'un après l'autre, d'un quasi-endormissement à l'autre. Les paupières gonflées, Nadia se lève, frissonnante. Le manque de sommeil a toujours eu cet effet sur elle, laissant son corps transi de l'intérieur. Ce n'est ni la première ni la dernière de ces nuits sans fin. Ses rares moments de sommeil, depuis l'accident, ont tous été interrompus de la même manière: le cri des freins, le bruit de la tôle froissée, le visage de l'homme, l'œil ensanglanté du chien hurlant. Les images n'ont même pas eu la délicatesse de cesser de défiler derrière ses yeux qu'elle tenait pourtant clos, dans l'espoir de parvenir ainsi à arrêter leur mouvement pour pouvoir enfin dormir.

Dix nuits. Dix nuits sans répit, sans repos. Nadia ne se ressemble plus. Ses yeux sont mauves, ses mains manquent d'assurance, son dos se ploie. Elle a perdu quelques kilos, ses vêtements flottent autour d'elle comme s'ils ne lui appartenaient pas. Mais elle lutte. Surtout, que ce vertige qu'elle ressent ne se transmette à personne, comme un mauvais virus. Surtout, qu'elle ne vienne pas troubler la sérénité de leur petite ménagerie.

Il lui semble que leur survie, à tous, Pierre, les enfants, même les chats et le chien, repose sur son sourire. Alors elle sourit.

James ne dort pas bien depuis l'accident. Nadia et Pierre le retrouvent presque chaque nuit, allongé sous la couchette d'Alexandra. Il parle sans cesse du chien, et Pierre ne comprend pas. Mais Nadia comprend, elle, l'obsession de James pour cette bête étrange. Après être sortie de leur voiture, elle s'est approchée de la carcasse rouge. Lentement. Presque à reculons. Comme si elle avait su, avant même de le voir, que l'homme ne respirait plus. Les mots se sont formés dans sa tête, avant même qu'elle soit consciente de ce qu'elle craignait. « Qu'est-ce que c'est, on dirait un enfant, non, s'il vous plaît, pas un enfant dans cet amas de ferraille. » L'homme, assis derrière le volant, semblait la regarder mais il ne la voyait pas. Un peu de sang s'égouttait d'une coupure sur son front, et ses yeux étaient ouverts. Et derrière, oui, c'est de derrière que venait le bruit, « c'est un chien, ce n'est pas un enfant, c'est un gros chien, un danois, on dirait qu'il pleure ». Délicatement – elle ne voulait pas effleurer l'homme aux yeux vides –, Nadia entrouvrit la porte, pour voir si le chien allait bien, pour lui parler doucement. Et alors, le chien s'est déplié, s'est approché de son maître, l'a senti, poussé du museau, et son pleur, alors, est devenu lamentation.

James le lui a raconté mais Nadia ne se souvient toujours pas de ce qui s'est passé ensuite. Dans ses cauchemars, le cri du chien se confond avec celui de l'enfant qui ne naîtra jamais. Mais ce n'est pas à l'enfant qu'elle a perdu dans l'accident qu'elle pense. Pierre ne savait même pas qu'elle était enceinte, elle attendait d'être sûre, d'être changée un peu, un tout petit peu, pour pouvoir un soir se placer devant Pierre, nue, et déposer sa grande main sur l'enfant encore imperceptible. Elle avait toujours aimé détenir ce secret, pendant les premières semaines, alors qu'elle devinait les changements de son corps plus qu'elle ne les percevait. Non, ce n'est pas à cause de ce minuscule embryon qui n'existait que pour elle qu'elle hante la maison, nuit après nuit, sans trouver dans les murs familiers, dans le souffle des enfants, ce qui l'apaisera.

Nadia se trouve presque sans cœur lorsqu'elle constate à quel point le visage sans vie, presque vert, de l'homme s'est rapidement effacé de ses cauchemars. Dès son réveil, à l'hôpital, en voyant les regards sérieux de Pierre et des enfants, elle a pris la décision d'oublier l'accident. Et passé le choc, après sa sortie de l'hôpital, c'est exactement ce qu'elle a prétendu faire. Il fallait veiller sur Alexandra, sur son bras cassé, et rassurer James, calmer ses cauchemars, sa frayeur, James, qui avait vu la voiture venir droit sur eux puis disparaître avec un grand fracas. Il accourait soudain vers Nadia, à toute heure, se lovait dans ses bras, pour qu'elle lui dise : « Tout va bien, James. » Mais la nuit, James se retrouvait sous le lit de sa sœur et Nadia se réveillait en sueur, les mains agrippées à son ventre vide.

Huit jours après l'accident, Alexandra se promenait dans la maison d'un pas allègre, son bras blanc recouvert de gribouillis. James y avait dessiné une carte au trésor, et Nadia ne pouvait s'empêcher de se demander si, lorsque son fils suivait ainsi la petite où qu'elle aille, il suivait l'enfant ou la carte. James ne racontait plus d'histoire de dragons et de monstres et, en voiture, ne disait pas un mot, ne regardait nulle part, se contentant de lire en silence. Quand il ne surveillait pas sa sœur – Nadia ne pouvait pas dire qu'il jouait avec elle, il l'observait avec trop de sérieux –, James passait de longues heures dans sa chambre, comme s'il avait été puni, étendu sur son lit les mains derrière la tête. On aurait dit qu'il attendait quelque chose, mais Nadia ne savait pas quoi.

*

Ils disent à Pierre que ce sont les moments importants qui révèlent le sens de la vie, la personnalité véritable des gens. Ils lui disent qu'il a eu de la chance, que sa famille a eu de la chance de s'en sortir aussi bien. Ils disent, lorsqu'il mentionne la fragilité de Nadia, la fracture d'Alexandra, le sérieux de James, que tout va rentrer dans l'ordre, que le temps arrange les choses.

Ils lui disent tout cela, en lui parlant comme s'il était un enfant qu'il faut rassurer. Mais ils ne savent pas. Pas plus que Nadia sait que Pierre savait qu'ils allaient avoir un autre enfant. Elle croit qu'elle peut lui cacher ces choses. Elle croit qu'il ne voit pas. Et maintenant, il s'inquiète. Pour eux.

L'été a passé. Le bras d'Alexandra est guéri. James, à l'automne, a entamé sa seconde année d'école. Il est sage. Ce n'est plus le même garçon. Il y a quelques mois, en traversant le village, Pierre a vu la voiture de Damien. Elle gisait sous un arbre, sur le terrain familial. Il s'est arrêté. Le père de Damien, seul devant la Lada démolie de son fils, s'est mis à parler, lui aussi, comme James, du chien. Le chien de Damien. Ils l'ont retrouvé, quelques jours après l'accident, dans un petit boisé à deux ou trois kilomètres de l'accident. Brock était affamé, blessé, l'un de ses yeux était tuméfié au point où il n'ouvrait plus. Damien aurait certainement inventé une histoire où Brock se serait mérité cet œil dans une bagarre terrible. Le regard du père de Damien s'est adouci, un sourire planait sur son visage. Mais le grand chien était devenu fou, ou plutôt incontrôlable. Et la seule décision possible avait été de l'euthanasier. Voilà pourquoi, déclara-t-il, il n'osait pas se défaire de la voiture : que lui resterait-il, alors, de son fils ?

Pierre l'a convaincu, au moins, de changer la voiture de place, pour qu'elle ne soit pas visible de la route. Son fils et sa femme n'avaient pas besoin de voir constamment la voiture, de se faire rappeler ainsi, deux fois par jour, l'accident.

*

Nadia s'est assoupie, et se réveille soudain. James est debout devant elle. Elle tend les bras, mais non, son fils se tient là, à une bonne distance d'elle, assez près pour qu'elle n'ait pas à bouger pour le voir, trop loin pour qu'elle puisse le toucher. Elle le reconnaît à peine, peut-être parce qu'elle est encore embrouillée par le sommeil, et il lui semble que ce petit visage sérieux n'est pas celui de son enfant mais celui de l'adulte qu'il deviendra peut-être. Ils sont seuls, tous les trois, Pierre n'est pas encore rentré. Alexandra s'est endormie après avoir couru partout dans la maison. Avant de s'assoupir, Nadia a vu James s'asseoir près de la fenêtre avec un livre, les chats se pressant contre lui pour avoir de l'attention. Le chien, dehors, tentait d'attraper des oiseaux. Pendant un moment, le calme a régné. Non pas le calme d'un cloître, mais celui d'une maison habitée : jappements, soupirs d'enfants, le bouillonnement d'un plat mijoté, le bruissement des rideaux près d'elle. Cet apaisement lui a offert, pour la première fois, l'impression de sécurité qui lui faisait défaut depuis l'accident. Et voilà que, devant elle, son fils de six ans et demi la regarde avec un air qui exige une réponse honnête, la fin, peut-être, des réponses trop faciles et des approximations. Elle sent, comme elle a senti son enfant mourir dans son utérus, que son fils a pris une décision, qu'il a mûri ses paroles longtemps.

– Maman.

– Oui, James.

– Est-ce que tu dors encore ?

– Non, James. Qu'est-ce qu'il y a ?

– Maman, le monsieur de la voiture…

– Damien, c'est le nom du monsieur, James.

– Damien, il est mort, n'est-ce pas ?

– Oui.

La réponse vient, comme un souffle. Ce n'est pas la voix qu'elle tente d'avoir avec les enfants, celle qui sait, qui affirme, qui rassure par sa conviction. La question toute simple de James a éliminé ses certitudes. Car elle sait que James la prépare pour autre chose.

– Oui, reprend-elle, plus sûre, Damien est mort au moment de l'accident.

James respire lentement.

– Maman, au moment de l'accident, qu'est-ce que ça veut dire ?

– Ça veut dire, James, que Damien n'a pas souffert. Qu'il est mort lorsque sa voiture et l'arbre sont entrés en collision.

– Est-ce qu'il était mort avant ?

– Non. Il est mort pendant l'accident.

– C'était notre faute ?

Cette question, Nadia se la pose depuis le début. Elle ne peut échapper à l'interminable suite des questions : qu'aurait-elle dû faire, au lieu de se rendre directement au travail ? Pourquoi ne pas avoir, au moins une fois, au moins ce jour-là, choisi par exemple de s'arrêter plus longtemps devant la vieille maison sur le bord du lac ? Mais elle a respecté l'immuable routine, se dirigeant d'abord vers la garderie. À l'arrière de la voiture, James, son grand garçon, lui racontait ses exploits de lecteur débutant. Et alors que Nadia s'émerveillait de constater que la tristesse de Pierre au moment de la conception de leur fils ne s'était pas transmise, alors qu'elle se sentait toute-puissante d'avoir déjoué même cela, James a crié « voiture ». Mais elle ne peut dire cela à son fils. Elle ne peut lui dire que, pendant une fraction de seconde, sa maman a été obnubilée par sa propre réussite et a oublié de regarder devant elle. Elle ne peut lui dire que l'homme, Damien, est mort parce qu'elle, Nadia, le regardait, lui, James. Alors elle ment.

– C'était un accident, James. Un accident, c'est la faute de personne. Tu comprends, n'est-ce pas ? Ce n'est ni ma faute ni celle de Damien.

« Alors c'est la mienne. » Elle sent les mots se former sur les lèvres de son fils.

– Ce n'est pas ta faute, James. J'aurais dû être plus prudente, et Damien aurait dû rouler plus lentement.

Pour la première fois, son fils ne la croit pas. Au moment où cela importe le plus, son fils la regarde, et il ne la croit pas. Et pour la première fois, elle ne sait plus ce qu'elle doit faire, comment réparer cela, cette fraction de seconde d'inattention d'un matin de printemps.

Immobile

Heureusement qu'il y a l'hiver. Sans la neige qui tombait depuis six jours, parfois quelques flocons seulement, parfois à plein ciel, comment se seraient-ils rendu compte que je ne bougeais plus ? Heureusement que, l'hiver, les facteurs se font les justiciers des escaliers enneigés et que mon facteur a perdu patience et sonné chez le propriétaire pour lui dire que s'il ne libérait pas les escaliers, le courrier ne me serait plus livré. Et heureusement que mon propriétaire, soudain inquiet de ne pas m'avoir vue sortir ou rentrer, de ne pas avoir été averti de mon départ, a décidé d'utiliser la clé qu'il disait perdue pour venir jeter un coup d'œil.

J'étais assise dans mon fauteuil de lecture, face à la fenêtre. Immobile. Tout mon visage disait ma joie d'être enfin trouvée. Enfin, j'essayais bien, mais j'ai vu, à l'air paniqué de mon propriétaire, que cela ne paraissait pas vraiment. Je suppose que j'avais l'air morte, puisqu'il cherchait à prendre mon pouls. Il a bien fait ça, écouté à la lettre les recommandations du téléphoniste du 911 : il a trouvé une couverture, m'en a recouverte et s'est mis à me parler, à tenter de provoquer une réaction.

Pour une fois, j'étais vraiment heureuse de le voir. Habituellement, ses visites ne signifient que mauvaises nouvelles : augmentation faramineuse du prix de mon loyer, travaux de plomberie aussi étranges qu'inutiles, vérifications de routine pour s'assurer que je n'ai pas entrepris la culture de plantes illicites ou l'élevage de mammouths. De temps à autre, sûrement pour me dire qu'il se souvient de moi, il se plaint d'un bruit étrange: peut-être ai-je fait une fête, demande-t-il l'air coquin. Et alors il m'affirme que c'est très bien que je m'amuse, mais que je dois faire attention à lui, à son grand âge. Il sait pourtant que je vis seule et ne bouge qu'à peine, quelques pas de ma chaise à ma chambre, quelques mouvements dans la cuisine pour me réchauffer quelque chose. Je n'écoute pas de musique et ne regarde pas la télévision. Mais il est gentil, et vieux, alors je prends ses plaintes pour ce qu'elles sont: une manière de garder un œil sur moi, et de me dire qu'il sait que je suis là.

J'ai toujours su que mon désir de ne pas déranger, mon grand talent pour me faire discrète et respecter les autres finiraient par me nuire. Six jours avant qu'on ne se rende compte que je ne bougeais plus. Une semaine complète sans que je me rende au travail. Mais au bureau, ils seraient probablement restés dans l'ignorance la plus crasse si mon propriétaire ne les avait pas contactés pour savoir qui appeler à mon chevet. J'accomplis un travail essentiel mais invisible: personne ne sait ce dont je suis responsable, personne ne se rend compte de ce que je fais, mais tout le monde sait quand ce qui doit être fait ne l'est pas, sans bien sûr réussir à trouver qui blâmer. Ce n'est pas que mon travail nécessite un tel secret, pourtant… Mais je dois admettre ma responsabilité: les relations de bureau ne sont vraiment pas mon fort.

L'avantage de cette immobilité, me suis-je répété sans cesse pendant ces journées d'attente, consistait dans la perte des quelques livres en trop reliées directement aux repas familiaux de Noël, composés uniquement d'aberrations culinaires agrémentées de multiples hors-d'œuvre, collations, desserts et autres ajouts comme les croustilles, le chocolat (Cadbury, bien sûr, en souvenir du bon vieux temps, quand le grand-père y travaillait à se rendre malade), la bière, le mauvais vin, etc. En fait, si l'on n'avait pas été précisément au début janvier, je serais probablement morte d'inanition. Mais comme j'avais fait des réserves pour au moins six mois, j'ai pu tenir le coup sans trop souffrir. Pour le bien que cela me ferait, au bout du compte…

Mais je n'ai ressenti aucun besoin naturel. Si cet état de fait m'a d'abord inquiétée – je suis peut-être invisible, mais mon corps, lui, se souvient habituellement plutôt bien de ma présence –, j'en ai vite été rassurée. Au moins, cela me permettait de me plonger dans la contemplation de la neige.

C'est une drôle de sensation, ne pas pouvoir bouger. On a beau tenter de remuer ne serait-ce que le bout d'un doigt, il semble impossible de faire parvenir le message au membre concerné. Les deux premiers jours, je me suis épuisée à tenter l'impossible : me rendre jusqu'au téléphone, placé à un mètre de ma chaise. Lorsque l'immobilité m'a attrapée – je ne sais trop comment décrire cet état, j'avoue, et le terme de paralysie est un tantinet trop dramatique –, j'ai senti tout de suite que quelque chose n'allait pas : je voulais tourner la page de mon livre, et soudain ma main s'est mise à peser une tonne et ne voulait pas bouger. L'autre main aussi semblait atteinte. Alors j'ai voulu me lever, pour tenter de lutter contre ce que je croyais être un simple engourdissement. Peut-être m'étais-je endormie sans m'en rendre compte, c'est possible après tout, de s'endormir lorsqu'on lit un roman aussi ennuyant. Mais non, ce n'était ni la lourdeur du sommeil ni l'engourdissement des membres un peu ankylosés d'avoir gardé la même position trop longtemps.

Me lever était donc impossible. Peut-être avais-je vu trop grand trop vite. J'allais réduire le mouvement demandé, j'allais rééduquer mon corps dans le confort de mon salon. En bonne entraîneuse, j'ai d'abord eu avec moi-même une séance d'encouragement et de renforcement positif : « La saison a été difficile, tu es fatiguée par Noël et ses fausses réjouissances, mais tu as la rage de vaincre, tu es forte, jeune, et il ne s'agit après tout que de lever le bras pour l'amener le plus près possible du téléphone. » L'expérience avait déjà été tentée avec succès à plusieurs reprises, alors un peu de détermination, de force et de persévérance suffiraient.

Non, après ce qui m'a paru une heure, j'ai dû revoir mon objectif. Le bras non plus ne voulait rien savoir. Je forçais à en suer, les yeux baissés – la tête aussi refusait de bouger – vers mon bras droit, mais rien, pas même le plus petit frémissement. J'ai opté pour un repos mérité, une légère sieste, « quelques minutes seulement », me suis-je dit, toute à ma tâche.

À mon réveil, la nuit était tombée. Une sieste de trois ou quatre heures, donc. Si au moins j'avais une télévision, une vidéo, une horloge dans cette pièce, je saurais l'heure exacte. Mais non, dans un délire peut-être feng shui, en tout cas trop zen pour être vrai, j'avais retiré quelques mois auparavant tout ce qui pouvait me dire l'heure et me priver de la concentration tellement nécessaire à… à quoi au juste ? Quelle était la motivation derrière ce foutu retrait des horloges ? Pour quelle raison avais-je décidé de me retirer du monde réel ?

J'en étais à m'infliger les pires invectives lorsque je me suis rendu compte que je déraillais et étais en voie d'oublier ce que je devais faire : bouger. Me revoilà donc, concentrée sur mon petit doigt – l'index me semblait soudain trop ambitieux, trop volontariste, et je commençais à traiter mon immobilité avec un respect un peu maniaque, comme s'il y avait là une leçon essentielle. Cinglé, je sais. Donc, le petit doigt. Non, rien. La sueur, oui, mais pas de mouvement, de tremblement, ni même de sensation autre que la lourdeur dudit membre. Et alors, comble de l'ironie, le téléphone sonna. Ce même téléphone, totalement muet le reste du temps, toutes ces heures où je ne fais absolument rien. Bien sûr, bien sûr, je ne pouvais me rendre à lui, donc il allait me rendre dingue. Comme toutes ces fois où il avait sonné pendant une douche, ou pendant mes rares mais ô combien nécessaires baises.

Donc, le téléphone sonna, puis cessa. Je me retrouvai à nouveau seule avec mon petit doigt immobile, le silence de mon appartement, la nuit et la certitude que je serais découverte à moitié décomposée dans cinq ou six ans.

Je dus dormir. À mon réveil, j'entendais les bruits de la ville, les voitures, les enfants, les autobus. C'était le matin. À peu près fraîche et dispose, dépourvue de tout appétit ou soif, ce qui pour moi était étrange, presque libérateur, ma faim constante m'apparaissant souvent comme une véritable plaie, je repris de nouveau mes efforts. Ils furent vains, bien sûr. À la fin de la journée, « bien sûr » était devenu mon expression favorite, je me la répétais sans cesse, à chaque tentative inutile, à chaque preuve supplémentaire de mon état dorénavant définitif : rien ne bougeait. Ni mes doigts, ni mes mains, ni mes pieds, ni même le muscle de mon sexe. Évidemment, ce que pouvoir bouger ce muscle en particulier aurait pu pour me sauver je ne le savais pas trop, mais il fallait quand même essayer. Et, en bonne scientifique, j'avais tenté le tout pour le tout, et aucun des muscles de mon corps ne répondait, sauf ceux du visage. J'avais encore de la voix, mais trop peu pour être entendue à travers les murs et les fenêtres fermées pour l'hiver. Il neigeait, en plus, ce qui a l'effet charmant de feutrer les bruits de la ville, effet d'ailleurs que la citadine que je suis apprécie particulièrement.

Le surlendemain, j'ai laissé le cynisme de côté. La tempête était trop belle. Mon immobilité pouvait, j'en étais dans mon délire convaincue, être une faveur, un don. Assise là – évidemment, changer de position était impossible, mais tout de même, je faisais un effort de conscience et d'acceptation –, j'ai commencé à envisager ma vie d'une tout autre manière. Mes jours étaient comptés, puisque même si je ne sentais pas la faim, mon corps finirait, lui, par avoir certains besoins à satisfaire. Donc, l'heure du bilan. Et le bilan n'était pas très gai. Une poignée d'amants, rien pour défriser, même pas un vrai grand amour : je suis, je crois, imperméable au grand amour depuis que j'ai compris, quelque part à l'adolescence, que malhonnêteté et amour vont ensemble, que ceux qui s'aiment finissent par se mentir, se détester, s'ignorer ou s'engueuler. Je sais, c'est une vision pessimiste. Mais rien ne m'a jamais détrompée.

Donc, de temps à autre, un amant plus qu'efficace, mais pas de véritable amour. Un appartement à mon goût, mais meublé comme en attendant. Un travail qui me permet de bien vivre mais ne me donne pas nécessairement envie de me lever tous les matins. Des connaissances, mais pas de vrais amis durables, plutôt des compagnons sur le mode du festif. Une famille, certes, on en a presque tous une, mais une famille dont je me suis volontairement éloignée pour éviter de les tuer ou qu'ils ne me tuent à petit feu, à coup de stéréotypes, de mauvaise volonté et de bassesses mutuelles. Cette vie-là n'est pas fameuse, me suis-je dit, mais elle est tout de même celle que je me suis faite, alors tant pis ou tant mieux pour moi. J'ai toujours cru que lorsqu'on avait ce qu'on voulait, il fallait apprendre à « vivre avec », et c'est ce que j'ai fait, embrassant ma médiocrité sans pathétisme ou autre attitude prompte à me faire ressembler à un téléfilm minable : je suis ce que je suis, et si je n'ai jamais senti la nécessité d'en changer, c'est que cela doit me plaire.

J'en étais à la fin du cinquième jour. Quelqu'un avait sonné à la porte, le facteur ou le représentant d'Hydro, puis était reparti. Cette presque visite n'avait pas suscité en moi le moindre énervement : je savais que je ne bougerais plus, le mot jamais ne m'effrayait pas. Acceptation, donc. Ou résignation. Peu importe comment ils appellent cela dans les livres : j'avais fait mon deuil de la notion de mouvement, et j'allais mourir, probablement bientôt. Je dormais de plus en plus, puisque je n'avais rien d'autre à faire. J'avais lu et relu la page de mon mauvais roman, me disant que j'aurais préféré mourir avec un Woolf, un Dostoïevski ou même un Hemingway plutôt qu'avec ce mauvais roman de gare. Savoir que les derniers mots que j'aurais lus seraient : « l'amant de la princesse portait de longues robes de velours grenat lorsqu'il la recevait chaque jour » me donnait le goût de pleurer. Mais je ne pouvais pas plus repousser le livre que tourner la page. Résignation, donc.

Puis, le sixième jour. Pas différent du précédent, sauf pour une fatigue plus grande, probablement due à la faim. J'étais quelque part entre le sommeil, le coma, la résignation et la colère lorsque j'ai entendu ma porte s'ouvrir. J'ai attendu, soudain tout à fait réveillée et plus du tout résignée, l'arrivée de ce visiteur, ne me souciant guère de savoir s'il allait me sauver ou m'achever. Et lorsque j'ai aperçu mon propriétaire entrer dans la pièce de son pas hésitant de vieillard, j'aurais voulu pouvoir chanter, hurler ou simplement cligner des yeux.

J'ai été conduite à l'hôpital. Cela n'a rien changé à mon état, bien sûr, mais maintenant quelqu'un vient me faire la lecture, une bénévole du centre d'hébergement, et me raconter ce qui se passe dans le monde. Je voudrais pouvoir dire que cette expérience m'a profondément transformée, que grâce à ce vulgaire petit caillot je me suis réconciliée avec ma famille et suis parvenue à me forger de véritables amitiés. Mais je ne crois pas aux contes de fées. Ma famille vient me voir et profite de mon immobilité pour me faire faire n'importe quoi : je suis l'animal qu'on amène de force dans les fêtes de famille où je suis posée au centre de la pièce mais tout aussi ignorée. J'ai tenté de me rapprocher d'eux, mais les différences qui étaient là avant y sont toujours. Mon seul visiteur agréable est mon propriétaire qui vient me voir tous les mercredis après-midi. Il s'assoit à mes côtés sans trop parler. J'aime son silence, et le fait qu'il n'est pas effrayé par ma paralysie. Il est là, seulement, peut-être par culpabilité, peut-être parce qu'il m'aime bien, ou peut-être parce qu'il n'a rien de mieux à faire.

La seule chose qui a changé, c'est que maintenant, je regarde la télévision. Et j'ai une petite horloge sur la table près de mon lit.

L'histoire du pépin

Il y a des histoires qui commencent par la fin. Mais celle de cette jeune femme commence par le début. Par son nom. Au moment de leur rencontre, ses parents, Claire-Andrée et Paul-Antoine, respectivement 35 et 43 ans, avaient depuis longtemps abandonné l'idée de fonder une famille. Des échecs successifs, tant amoureux que professionnels, en avaient fait des cyniques notoires. Même leurs amis les plus proches commençaient à les détester tant il paraissait évident qu'ils s'attendaient à ce que le ciel tombe sur la tête de quiconque commettrait l'affront d'être minimalement heureux. Mais lorsque Claire-Andrée et Paul-Antoine se rencontrèrent, leur cynisme disparut et fut remplacé par un optimisme aussi dérangeant que leur attitude négative l'avait été : ils répandaient maintenant le « bonheur », format extatique, de telle façon qu'il était même impensable, lorsqu'ils étaient présents, de mentionner le plus petit problème, le plus inoffensif doute. Ils avaient trouvé le bonheur, donc personne n'avait le droit d'être malheureux. Ils étaient amoureux, donc personne ne pouvait rompre, aimer sans retour, choisir la solitude. Après à peine quelques mois, Claire-Andrée et Paul-Antoine parlaient de leur retraite conjointe et, à peu de chose près, vivaient en complète autarcie, éloignant les gens par leur certitude arrêtée que quiconque osait être seul ne le faisait que pour leur nuire.

Ils décidèrent d'avoir un enfant. Un seulement. Pourquoi risquer de diluer leur amour et le contenu de leur portefeuille sur deux, trois ou quatre enfants ? Mieux valait tout concentrer sur une seule personne, lui faire porter le poids de leurs attentes aussi démesurées qu'irréalistes. S'il ne dépendait que d'eux, leur enfant serait, dès l'âge de quatre ans, capable de résoudre les problèmes mathématiques échappant aux plus grands scientifiques. À 10 ans, il trouverait le remède contre le cancer. À 20 ans, il serait ambassadeur. Et à 30 ans, Stockholm lui décernerait un prix Nobel, probablement celui de la paix. Nul ne sait pourquoi leurs plans pour leur unique rejeton s'arrêtaient à 30 ans. Peut-être était-ce dû à leur âge au moment de la conception : Claire-Andrée avait 36 ans, Paul-Antoine 44. Qui pouvait leur garantir qu'ils seraient là pour le voir atteindre 35, 40 ou même 60 ans ? Mieux valait concentrer leurs attentes sur ses premières années de vie. Malheureusement, le seul phénomène que souhaiterait vraiment comprendre leur fille serait, dans les cinq premières années de sa vie, comment des souris pouvaient coudre une superbe robe de bal pour Cendrillon. Lorsqu'elle en parla à ses parents, son père s'évanouit.

Étant donné leurs attentes, leur enfant ne pouvait avoir un nom banal. C'était au plus fort des années 70. La mode était aux prénoms comme Lune, Soleil, Caribou ou alors, dans un registre opposé, Martin, Annie, Isabelle, Stéphane ou Nathalie. Entre les deux devait exister un nom sublime d'originalité, mais ne désignant pas un phénomène météorologique ou un animal. Bien sûr, leur cœur penchait pour un prénom composé. Ils craignaient que leur enfant, s'il s'appelait tout simplement Pierre ou Claudine, se sente isolé au sein d'une cellule familiale de noms composés. Et, bien sûr, à cause des prouesses qu'accomplirait ce petit génie, il était hors de question, expliqua Claire-Andrée à sa mère, que l'enfant ne porte que le patronyme de Paul-Antoine. Il aurait les deux noms, pour que sa filiation soit claire. Voilà. Cela va de soi, répliqua Paul-Antoine à sa propre mère. Les deux matriarches, qui s'étaient détestées dès leur première rencontre, devinrent de fidèles alliées, s'appelant une fois par semaine pour se demander où elles avaient bien pu errer, étant donné que leurs autres enfants (en tout, dix) étaient remarquables tant ils étaient ordinaires. Elles se réjouirent néanmoins qu'ils n'aient pas eu un fils. Il aurait été nommé Alexandre-Ludwig et, selon le plan quinquennal du couple, aurait été un musicien hors du commun, redéfinissant l'art lyrique et la composition symphonique. Il fallait vraiment se réjouir que l'enfant ait été une fille. Son nom, pour long qu'il soit, ne lui assignait pas un destin, les attentes de ses parents n'étant pas inscrites sur son acte de naissance.

Dans les années 70, baptiser ou non son enfant commençait à relever du choix personnel, même si la pression de la famille pesait fort sur la volonté des nouveaux athées et autres réfractaires à la religion. Mais si Catherine-Rosalie Poupart-Pépin fut baptisée, ce ne fut ni parce que ses parents y croyaient, ni même parce qu'ils craignaient d'affronter leurs familles. Pendant l'une de leurs discussions sur l'avenir de leur enfant, discussions qui finissaient par ressembler à des colloques, ils arrivèrent seulement à la conclusion que cela faciliterait les choses si elle voulait un jour conseiller le pape. Tant de confiance dans le destin extraordinaire de leur enfant n'étonna pas les anciens amis du couple. Car si les Poupart-Pépin avaient été cyniques puis extatiques avec autant de conviction et l'absence la plus complète de nuances, comment se surprendre qu'ils ne puissent envisager un enfant ordinaire, mignon, adorable, gentil et intelligent certes, mais qui ne fracasse aucun record? Lorsque les Poupart-Pépin déménagèrent pour faire leur retour à la terre et s'isoler définitivement à la campagne, leurs anciens amis furent soulagés de ne plus avoir à côtoyer le couple autarcique. Les Poupart-Pépin, pendant que leurs anciens amis vivaient des vies normales composées d'amours, d'enfants, de ruptures, de déceptions, de frustrations et de rires, devinrent quant à eux des satellites de leur fille, n'acceptant le monde extérieur que lorsque celui-ci se présentait explicitement pour admirer leur enfant.

Au fil des années, du moins des deux ou trois premières années de l'enfant, les gens s'habituèrent à son nom, ou cessèrent de sourciller chaque fois qu'ils l'entendaient. Bien sûr, il y eut, dans l'entourage du couple Poupart-Pépin, deux ou trois personnes qui firent de grands efforts pour ne jamais dire à haute voix le nom de leur fille: elle fut surnommée Petite, Chérie, Ma belle. Mais ces surnoms n'eurent jamais leur place dans la petite demeure de campagne: pour les Poupart-Pépin, un surnom n'aurait pu que brouiller l'identité de l'enfant.

La petite fille grandissait sans éclat: elle marcha lorsqu'il fut temps pour elle de le faire, dit ses premiers mots lorsqu'elle le jugea bon, ne dessina aucun chef-d'œuvre la première fois qu'elle prit un crayon dans la main et ne présenta aucun signe précurseur de l'extraordinaire destin auquel s'attendaient ses parents. Mais ils se dirent que la fillette prenait son temps pour « envisager » sa vie et « choisir comment utiliser son potentiel ». La famille étendue, elle, regarda grandir l'enfant en poussant des soupirs de soulagement, tant le discours du couple les avait inquiétés sur les possibilités de Catherine-Rosalie d'avoir une vie normale.

Lorsque la fillette commença à parler, il y eut un regain d'intérêt envers elle. Peut-être cette période fut-elle son âge d'or: tous trouvaient irrésistible de l'entendre tenter de dire son nom. Toutes ces syllabes s'empêtraient dans sa bouche d'une manière tellement charmante que les adultes lui demandaient sans cesse de dire son nom, poussant des « ah ! » et des « oh ! » devant un tel potentiel d'adorabilité. Avec le temps, Catherine-Rosalie se mit à trouver cet intérêt pour son nom franchement dérangeant. Pascal dirait peut-être qu'il s'agissait là du début de la conscience. Peut-être. Reste que Catherine-Rosalie, trente ans plus tard, se souvenait du moment où elle commença à détester ses parents.

Le jour de son quatrième anniversaire, sa tante Colette, qui vivait aux États-Unis, rendit visite à la fillette pour lui apporter cinq ans de cadeaux en retard. Il s'agissait vraiment de cadeaux en retard: non pas, comme on aurait pu s'y attendre, un nombre déterminé de cadeaux *remplaçant* ceux jamais offerts, mais les cadeaux accumulés par tante Colette depuis la naissance de Catherine-Rosalie. La fillette découvrit ainsi un minuscule ensemble rose (robe et culotte pour bébé de trois mois), une petite croix en or pour célébrer son baptême, un ensemble de cubes grand format, une poupée de chiffon, des crayons de cire avec un chevalet en plastique et, finalement, pour son quatrième anniversaire, un tricycle rose avec des franges aux poignées du guidon et un petit panier tressé. Pour tous ces merveilleux présents, Catherine-Rosalie aurait toutefois un prix à payer: elle devrait, devant les quarante personnes massées autour d'elle, observer le rituel maintenant usé et dire son nom complet.

Sous les encouragements de la foule, Catherine-Rosalie s'avança. Tante Colette, un sourire narquois aux lèvres, en une réplique digne d'un conte de fées, demanda: « Quel est ton nom, mon enfant ? » Catherine-Rosalie ouvrit la bouche. La referma. Il lui sembla soudain que ce que ces gens attendaient d'elle n'était pas, comme elle l'avait jusqu'alors pensé, qu'elle dise son nom de manière impeccable, ce qu'elle pouvait faire depuis un an. Non, ces gens frôlant l'ivresse espéraient que sa bouche soit trop petite pour les syllabes de son nom : ils voulaient la voir buter sur les *r* et les *p*. Ce serait la première fois que Catherine-Rosalie les décevrait. Jetant sur les cadeaux de tante Colette un regard dédaigneux, elle déclara que son nom était Rosalie. Silence. Claire-Andrée et Paul-Antoine frémirent et s'élancèrent vers leur fille, la tâtant, convaincus qu'elle devait être malade. Non, la petite les repoussa et, le regard bien déterminé, répéta qu'elle s'appelait Rosalie, Rosalie Pépin.

Elle fut punie, officiellement pour avoir été impolie avec les visiteurs. Mais, seule dans sa chambre, alors que, dehors, les adultes continuaient à fêter en donnant quelques conseils et encouragements à ses parents, Catherine-Rosalie sut instinctivement que la punition ne portait pas sur son insolence mais sur son acte de bravoure : elle avait osé élever la voix contre ses parents et réclamer un nom ordinaire.

Ce fut le dernier anniversaire « public » de Catherine-Rosalie. Dorénavant, les célébrations se feraient en petit cercle : ses parents, ses grands-parents, ses parrain et marraine. Ce qu'elle ne comprit que beaucoup plus tard, par contre, ce fut qu'elle venait de poser la première pierre d'une révolte qu'elle entretiendrait et approfondirait toute son enfance et son adolescence. Le ferment de cette révolte serait son désir de conventionalisme. Le résultat : une distance grandissant chaque jour entre elle et ses parents. Mais pour l'instant, le couple Poupart-Pépin conclut que tous ces gens massés autour de leur fille l'avaient effrayée, et que l'éclat de Catherine-Rosalie n'était pas dirigé contre eux mais contre les convenances.

Catherine-Rosalie, isolée dans un monde d'adultes à cause de l'absence d'autres enfants dans les environs, n'avait aucune occasion d'affirmer tout haut ce qu'elle avait découvert : elle ne s'identifierait jamais à son nom surcomposé. Tout alla donc bien jusqu'à la rentrée à la maternelle. À la jardinière d'enfants, comme on appelait encore les éducatrices, Catherine-Rosalie déclara qu'elle s'appelait Rosalie Pépin. « Non, petite, la liste dit bien que tu t'appelles Catherine-Rosalie Poupart-Pépin. Personne ne t'a dit que les mensonges ne sont pas beaux dans la bouche d'une fille ? » « Je sais ce que dit la liste, répliqua calmement Rosalie, mais moi, je m'appelle Rosalie. » La jardinière eut beau insister, Rosalie n'en démordit pas. Dès son premier jour, elle fut envoyée chez le directeur. À la première réunion de parents, les Poupart-Pépin eurent un choc en découvrant que leur fille avait une réputation de forte tête, et qu'elle présentait des symptômes de « troubles de l'identité ». Une telle possibilité leur sembla si farfelue qu'ils éclatèrent de rire. Le problème du nom fut donc remisé. Jusqu'à la rentrée en première année.

Le mois de septembre de ses six ans, Catherine-Rosalie Poupart-Pépin le passa presque en entier chez le directeur. Elle refusait, jour après jour, d'écrire son nom complet sur la banderole qui allait se trouver devant son pupitre. « Il n'y a pas assez de place », « Mon crayon se fatigue », « Ma mine n'est pas assez longue » furent quelques-unes des excuses les plus bénignes qu'elle utilisa. Mais, au directeur, le vingtième jour, elle déclara que ses parents étaient cinglés. Le brave homme, lui-même père de quatre enfants, ne sourcilla pas.

– Et si on faisait un compromis ? lui proposa-t-il, un peu fatigué de devoir faire du gardiennage avec cette fillette alors que des dossiers plus pressants l'attendaient.

– Un compromis ?

– Oui. Dorénavant, lui déclara-t-il, nous t'appellerons Rosalie.

La fillette sourit.

– Oui !

– Mais Rosalie, un compromis, cela veut dire que tu dois aussi accepter quelque chose.

Rosalie, soudain, s'inquiéta : elle n'était prête à accepter aucun compromis sur ce sujet, aussi trouva-t-elle que le directeur était bien cruel de lui faire miroiter la possibilité d'un nom normal pour ensuite la lui retirer. L'air renfrogné, elle attendit que l'homme explique ce qu'il attendait d'elle.

– Nous t'appellerons Rosalie, tous, les professeurs, les élèves, pendant toute la durée de ton primaire. Mais toi, en échange, tu accepteras ton nom de famille au complet.

– Rosalie Poupart-Pépin ?

– Oui. Est-ce que tu crois que cela pourrait aller ?

La fillette regarda autour d'elle, observant les faux tableaux du bureau du directeur. L'idée de ne plus avoir à se battre pour son nom lui plaisait. Mais Poupart-Pépin… N'était-elle pas en train de perdre au change ? Puis, avec la lucidité propre à certains enfants, elle se rendit compte d'une chose : dans une école, les enseignants n'appellent pas les élèves par leur nom complet. Le prénom suffit. Les élèves, eux, n'utilisent pas non plus les noms de famille. Donc, ce compromis était en sa faveur, puisqu'elle serait enfin débarrassée d'au moins un de ses quatre noms. Aussi, le cœur joyeux, elle accepta finalement la proposition et retourna dans sa classe, laissant enfin le directeur libre de vaquer à ses occupations. Dorénavant, à chaque rentrée, l'homme s'occuperait d'informer les enseignants des règles à suivre avec Rosalie. Et aux parents, aucun membre du personnel ne dévoilerait jamais le fin mot de l'histoire.

Rosalie fut une enfant remarquable tant elle se fondait dans la masse des élèves. Elle était brillante, oui, mais pas assez pour être traitée de « bolle », ce qui dans le monde scolaire équivaut à un vœu de solitude. Autant dans les sports que dans les activités sociales, elle sut maintenir avec beaucoup de sagesse sa normalité afin de ne pas attirer l'attention sur elle. À trop vouloir imposer à leur fille un destin extraordinaire, ses parents n'avaient réussi qu'à lui faire rêver de normalité.

Tout au long de sa vie, Rosalie s'interrogerait sur ses parents. « Comment des gens aussi ordinaires, aussi "beiges", disait-elle à ses amis, avaient-ils pensé pouvoir engendrer un phénomène, créer un enfant prodige ? » Ils s'étaient crus extraordinaires au point de s'attendre à ce que leur fille soit un génie de la science, une diplomate précoce, une philosophe de haut niveau. Ils n'avaient pas espéré ces choses : ils avaient jugé qu'elles allaient de soi, et que si elles ne se produisaient pas, il ne fallait blâmer que la paresse de leur fille. Ils moururent de déception. Et Catherine-Rosalie Poupart-Pépin devint officiellement, le jour de leur mort, Rosalie Pépin.

Le vent

Dans toute cette histoire il faudrait tenir compte du vent, de la présence du vent, de sa voix lancinante dans nos oreilles, de son haleine salée sur nos lèvres.

ANNE HÉBERT,
Les fous de Bassan

Je n'existe pas. Chaque jour, soir et matin, je descends dans la rue et passe devant l'homme au visage gris qui a élu domicile dans l'entrée de notre immeuble. Chaque jour, j'essaie de lui sourire, de lui dire une bonne parole. De temps à autre, je lui offre un morceau de pain. Mais il ne me voit pas.

Je ne sais pas quand, mais un jour j'ai cessé d'être visible.

Ma tête posée sur la table. Oubliée là par le reste de mon corps trop impatient pour pouvoir l'attendre. Pourtant, mes pieds, bien à plat sur le sol.

Et l'autre, mon amant, assis, sa main posée tout près de ma tête. Séduit par mon épuisement. Il le prend pour de l'abandon.

Notre histoire est un malentendu.

Nous ne nous sommes pas rencontrés. Il s'est tout simplement mis à faire partie de ma vie, un jour. J'ai ouvert les yeux et il était là, planté debout devant mon réfrigérateur, à moitié nu et souriant. Il m'a demandé ce que je préférais, les crêpes ou les œufs, et soudain il a eu entre les mains les clés de mon appartement.

D'abord, il s'est installé chez moi. A rencontré ma famille, mes amis. Est devenu leur ami. Et soudain, j'ai été deux. Partout où je vais, maintenant, il est là, avec moi. Je n'ai voulu qu'un œuf un matin et voilà que je me retrouve avec des cadeaux « pour nous ». Mes amis ne sont guère mieux. Finies les sorties, les longues soirées à parler de nos vies ratées et dénuées de sens profond. Parce que lui existe, je n'ai plus voix au chapitre, je devrais maintenant me considérer comblée. Tous, ils sont charmés par cet homme qui fait enfin de moi une vraie femme, une femme complète.

Presque vingt ans, j'ai habité seule dans un appartement que j'avais à dessein choisi pour qu'il me soit impossible de recevoir qui que ce soit. Dix-neuf ans à vivre en toute tranquillité dans un cul-de-sac. À distendre les liens, à me faire de plus en plus invisible. Et tout à coup ma famille s'intéresse à ce qui se trouve ou devrait se trouver dans mes armoires. Tant d'années à fuir les fêtes officielles pour me retrouver un soir de Noël avec ces trente personnes autour de la table. De ma table. Et lui, assis au milieu d'eux, m'observant, intéressé par les petites mesquineries familiales.

Un moment de faiblesse, de relâchement. J'ai à peine consenti à un bout de nuit et à un déjeuner. J'ai à peine admis avoir faim. Et je ne me retrouve plus.

J'ai peur de tout, et lui, il marche dans la ville comme si elle lui appartenait, comme si elle avait été bâtie, décidée par et pour lui. Avec lui, tous les clichés sont vrais, on ne peut le voir sans que son assurance prenne le visage d'un lieu commun : ses grandes enjambées, sa façon de regarder les gens sans jamais baisser les yeux. Même devant l'horreur de la misère, même lorsque l'homme au visage gris, celui qui vit sous nos fenêtres, lui crache au visage pour être vu et entendu, il sourit, de son regard vide et intouchable, parce que la violence, du moins celle qui serait dirigée contre lui, n'existe pas, n'a pas été prévue dans sa vision des choses.

Au début, il me donnait parfois l'impression qu'il avait tout lu, tout vu, tout compris. Chaque soir, lorsque mon silence prenait trop de place, sa voix, grave, emplissait l'espace qui s'étendait entre nous, l'habitait. Je croyais alors n'être plus seule, enfin, grâce à ses longs monologues qui commentaient la politique, l'art, le monde. J'aimais ce répit qu'il m'offrait.

Puis, insensiblement, il s'est mis à se pencher sur un autre objet : moi. Il posait des questions, offrait ses observations et, au fur et à mesure qu'il rencontrait les membres de ma famille et mes amis, il s'est mis à décortiquer leur caractère, la nature de la relation que j'entretenais ou refusais d'entretenir avec eux, me mettant en garde contre les trahisons possibles, les ressemblances malsaines, les tares familiales.

Peut-être aurais-je dû l'interrompre, le faire taire. Mais le débit régulier de sa voix me reposait de mon silence, me délivrait de l'obligation de parler. De penser. Alors je n'ai pas pris garde à ce qu'il disait, aux ruptures qu'il me suggérait fortement.

Après un moment, il m'a semblé que ces gens que j'avais vus de loin ou de proche et avec lesquels j'avais vécu des petits riens, des catastrophes, des soirées silencieuses ou bruyantes, ces gens que j'avais choisis ou gardés dans ma vie parce qu'ils respectaient ma sauvagerie, ne me comprenaient plus. J'ai commencé à croire que je m'étais trompée en les choisissant.

Évidemment, une seule personne me comprend vraiment.

Il fait des projets, des plans. Je ne pense pas à dire non, il ne m'a jamais consultée. Un matin, il m'annonce que nous sommes à l'étroit chez moi. Il me remet un papier avec notre nouvelle adresse, un grand loft dans un quartier bien en vue. Tout est arrangé, je n'ai qu'à prendre un autre chemin en rentrant du travail et je trouverai ma nouvelle maison fin prête pour m'accueillir. Nous aurons enfin, dit-il, de l'espace pour recevoir nos amis, notre famille.

Mais lorsqu'il aura fini d'étudier les gens qui faisaient partie de ma vie et d'en expulser les traîtres et les mauvaises influences, il ne restera personne à inviter.

Sa voix n'est plus apaisante. Chaque jour, j'ai l'impression que je suis nue au centre de la table et qu'il me dépèce. Il croit tout savoir de moi, comprendre les liens qui m'unissent au monde, à ma famille, à mes amis. Il croit savoir qui je suis, et pourquoi. Sauf que son ignorance, ses certitudes me donnent parfois le goût de crier.

Je ne sais qu'une chose, maintenant: je ne dois pas croire ce qu'il me dit. Je ne dois pas laisser sa voix se frayer un chemin jusqu'à moi et y semer le désordre. Les mots, il les fait défiler, l'un après l'autre, sans arrêt, sans reprendre son souffle, et je sais qu'il ment, qu'il ne peut que mentir. Que tout ce qu'il dit, même ce qui pourrait être vrai, cesse de l'être dans sa bouche. J'essaie d'être vigilante, de ne pas me laisser prendre, de ne pas écouter. Je ne veux pas entendre. Il me faut combler chaque espace laissé vacant, chaque interstice, pour qu'il ne puisse pas y avoir accès, pour qu'il ne puisse pas entrer et transformer en mensonge ce qui me semblait jusque-là réel, vérifiable, comme l'existence de l'homme au visage gris qui m'ignore, en bas, dans ce quartier sans âge.

Le claquement des sabots, la nuit, le jour. En bas, sous nos fenêtres, on s'amuse à faire revivre le passé. Et je me réveille dépouillée de toute certitude, même celle d'exister.

Il me faut une liste, pour tenter de me rappeler qui je suis et ne plus entendre le vent. Puisque je ne comprends pas comment un œuf peut avoir eu comme conséquence ce semblant d'emprisonnement et d'autocritique à perpétuité, je commence par observer celui qui a lancé le verdict. D'abord, les petites choses. Sa main, aux doigts fins mais courts. Le bout de ses doigts, posés au creux de mon cou. Le frémissement de mon corps.

Très vite, il a découvert cet espace sensible sur mon corps, ce point qui fait tomber toutes mes résistances. Chaque fois qu'il me prend l'idée de le quitter, il pose sa main là, au creux de mon cou.

M'en tenir aux petites choses.

Il louche un peu. Son œil droit a une pupille étrange, presque verte. Comme un chat. J'aime ce regard un peu fourbe, presque une invite. Cela aussi, il le sait. Il me regarde ainsi quand je m'éloigne et, à chaque fois, je reviens, fascinée.

Le soir, parfois, après le repas, sa tête s'alourdit de sommeil. Ses mouvements ralentissent. Sa voix descend, un ton plus grave, jusqu'à n'être plus qu'un murmure rauque. Parfois même, il se tait. C'est dans ces moments qu'il est le plus dangereux, parce qu'il me laisse m'absorber dans mes pensées, oublier qu'il est là, oublier l'approche de la nuit. Puis, soudain, le silence, quand la musique meurt. Un long moment, nous ne remarquons rien. Des sabots claquent dans la rue.

Nous écoutons ensemble le passage des touristes dans la rue, les regardons envahir le quartier et le transformer en tour de Babel, au fur et à mesure que la température se réchauffe.

L'été, à cause des touristes, il n'a pas besoin de son regard fourbe. Jamais il ne me viendrait l'idée de le quitter quand la rue est pleine. J'occupe la terrasse sur le toit, je ne la quitte que pour dormir. Ce n'est que là, quatre étages au-dessus du sol, que je peux regarder l'animation des rues sans la craindre.

Puis, le vent se lève. Alors, il ressort son œil qui louche, me le sert sur un plateau, pour que je n'aie pas envie de suivre les oiseaux, de migrer. C'est l'automne. Le bruit des sabots se fait de plus en plus lointain, feutré par les fenêtres. Les touristes sont frileux, ils nous laissent seuls, seuls dans notre grande pièce sans mur, froide.

Je n'arrive pas à ne plus être invisible.

J'étouffe. Ce n'est que lorsqu'il n'est pas là que je peux respirer. Les murs de briques se réchauffent, le plancher n'est plus cette grande surface qui menace de s'ouvrir et de m'ensevelir. Les objets cessent de poser sur moi leur regard inquisiteur.

Lorsqu'il ferme la porte derrière lui, le vent ne souffle plus.

Une trêve, toute petite. Je voudrais seulement une trêve. Ne plus le voir. Ne plus l'entendre. Ne plus avoir ce sifflement dans les oreilles qui m'empêche de penser.

Il n'y a pas de fin possible à cette histoire, elle n'a jamais commencé. Nous pourrions rester comme ça, vies parallèles, jusqu'à la mort. Mais alors il me regarde, ouvre la bouche. Et je vois les mots sortir de sa bouche, prendre toute la place, et mon corps tout entier se tend vers la porte.

Quelque chose doit arriver pour que je puisse enfin être seule.

L'homme au visage gris est posté de l'autre côté de la rue. Comme tous les soirs depuis quelques jours, il m'observe, debout, les bras croisés, le menton un peu rentré. Je sais qu'il me regarde parce qu'il se déplace avec moi dans le cadre de la fenêtre.

Un verre de thé pour une canicule

L'été, Montréal a quelque chose de cru, d'honnête et de désespéré. Comme moi. Les chats se battent, les voisins boivent de la bière, les retraités se retrouvent au parc pour jouer à la pétanque et aux cartes, les femmes enceintes promènent leur bedaine dans des vêtements qui menacent d'exploser et les jeunes parents font parade de leur nouveau-né avec une fière fatigue. Il plane sur la ville une odeur de crème solaire, de sueur, de cigarette et de marijuana. Sur Saint-Laurent, sur Saint-Denis, les terrasses sont pleines d'hommes et de femmes qui cherchent l'âme sœur ou l'oubli, qui fêtent ou observent d'autres hommes et femmes marcher. Jour et nuit, les parcs sont peuplés d'errants, à la recherche de fraîcheur, qui finissent par se mettre au moins les pieds dans l'eau, entre les canards, les pigeons, les chiens et les sacs de plastique. Tous les deux ou trois balcons, quelqu'un joue de la guitare ou de l'accordéon, et cela finit par créer une cacophonie un peu étrange, à mi-chemin entre sympathique et tout simplement dérangeante.

Je n'ai ni chat, ni bière, ni jeu de cartes, ni grossesse, ni bébé, ni amoureux. Je suis seule, seule dans un appartement trop petit, trop sombre et trop chaud. J'accumule les symboles du vide de ma vie et pourtant, l'été, le ciel trop bleu finit par me faire oublier mes insatisfactions. Il me vient des idées de projets pour changer le cours de mon existence, ou simplement pour passer la journée. Évidemment, il fait trop chaud pour faire quoi que ce soit. Mais c'est toujours bien de rêver en prenant un verre de rhum glacé sur mon balcon.

J'avais pensé faire changement cet été : au lieu de le passer à détester ceux qui semblent tout avoir, je m'étais proposé de m'offrir soit un chien, soit un amant, soit des vacances à l'extérieur de la ville. Mes finances étant ce qu'elles sont, c'est-à-dire passablement catastrophiques, je ne pouvais ni partir en vacances ni acheter un chien. Les joies des travailleurs autonomes. Il ne me restait qu'une solution : pousser le cynisme jusqu'à m'acoquiner avec un homme pour la période estivale, attitude cynique parce que je sais bien que « l'homme de ma vie » n'existe pas. À mon âge, j'ai appris à me connaître. J'allais donc choisir une liaison, privilégier le plaisir de promenades dans les parcs la nuit avant et après l'amour à la recherche d'un homme qui serait encore là lorsque viendrait novembre. C'était le plan. Et j'aime m'en tenir aux plans, autant que vous le sachiez tout de suite.

Le plus simple, dans ce genre de situation, est d'y aller avec la même méthode que lorsque je cherchais encore des colocataires : d'abord, les hommes que je connais déjà. Évidemment, j'aurais préféré du « sang neuf », histoire de voyager au moins virtuellement. Mais bon, on était déjà en juillet, alors cela n'aurait peut-être pas été aussi profitable. Malheureusement, pour sympathiques qu'ils soient, mes collègues masculins sont aussi, presque tous du moins, plus gais que les plus gais des gais. Je ne sais pas pourquoi, je n'y comprends rien, mais nos réunions de travail ressemblent aux pires clichés. Et ceux qui ne sont pas gais sont déjà mariés et, dans ce cas-là, souvent déjà occupés par leurs femme, enfants et maîtresse. Alors pas pour moi. Il restait Georg, un Allemand de passage, profil idéal. Mais après deux ou trois verres, il est devenu très clair pour lui comme pour moi que, vraiment, non merci.

Comme mon entourage ne m'offrait rien d'intéressant, et comme je n'étais pas assez désespérée pour aller dans un bar à la recherche d'un amant chaque soir, j'ai décidé d'opter pour une catégorie d'hommes à la fois vaste et potentiellement intéressante : les anciens amants. Parmi ces hommes, et ils sont somme toute nombreux, avec lesquels, au fil des vingt dernières années, j'ai partagé des bouts de vie plus ou moins longs, il ne pouvait en aller autrement – cela me semblait statistiquement juste – qu'au moins un soit disponible pour une aventure estivale.

Les anciens amants, donc. J'ai commencé ma vie « en région », selon cette expression « montréalocentriste » qui consiste à positionner le Québec en entier par rapport à Montréal. Comme il a déjà été établi que je ne dispose pas de moyens financiers suffisants pour pouvoir quitter mon travail, je ne pouvais faire autrement qu'éliminer d'office ceux de mon ancienne vie, c'est-à-dire ceux de mes vingt premières années, lorsque j'habitais le Bas-du-Fleuve.

La proximité étant, dans ce genre de situation, la clé, je concentrai mes recherches sur ceux de ma nouvelle vie. Bien sûr, parmi eux, certains s'étaient révélés par le passé de si mauvais choix, des erreurs tellement flagrantes – j'en avais parfois honte –, qu'une première sélection s'imposait. Par exemple, Félix : dépendant de son ordinateur, devant lequel il passait des jours complets à jouer sur les casinos en ligne, Félix avait eu du mal à détourner le regard de son écran suffisamment longtemps pour me voir le quitter. Je crois qu'il ne s'en est véritablement rendu compte que deux ou trois jours plus tard. Il y avait aussi Benoît, homme aussi menteur qu'agressif, que j'ai quitté au bout de trois semaines parce que, franchement, j'en avais assez de l'entendre pester contre tout et tous: Juste une fois, j'aurais aimé l'entendre dire quelque chose de vaguement positif, même sur la météo. Mais il prenait pour une insulte suprême, et ne se gênait pas pour le dire à coups de poing dans les murs, le fait que février est le mois le plus froid de l'hiver. Février fut, cette année-là, en 1995, particulièrement froid, il est vrai. Mais février, c'est février, et j'en avais assez d'acheter des plantes pour cacher les trous laissés par Benoît dans les murs.

Toutes mes relations n'ont pas été catastrophiques, c'est évident. Je ne suis pas devenue cynique par désespoir mais plutôt au terme d'une grande évaluation de mon propre caractère: les relations à long terme, dépassant le cap des deux ou trois ans, ont toujours fini par me rendre fuyante, comme si, après ce temps, je me mettais à vouloir visiter des contrées étrangères. Ou à vouloir faire des projets à plus long terme, ce qui, je l'admets, me donne un vertige tel que, couillonne comme je suis, je prends mes jambes à mon cou. Je sais, je sais, je n'en serais pas là si j'avais osé, au moins une fois, tenter le tout pour le tout et accepter de m'engager pour plus longtemps. Je le sais, mais cela ne change rien, et n'a surtout rien à voir – je le répéterai pour m'en convaincre – avec la situation dont il est ici question.

Donc. Il me fallait, dans le bassin plus restreint des hommes que je pouvais souhaiter revoir, faire une deuxième sélection: les hommes mariés ou en couple, ceux qui m'avaient trop aimée pour que je risque de les blesser en proposant une aventure, et ceux, c'est inévitable quand on commence à avoir des amants à l'adolescence, qui, au bout du compte, avaient découvert qu'ils étaient gais. Restait donc un nombre plus restreint, certes, mais plein de potentiel. Et le choix le plus évident me sembla Paul. Nous étions amis depuis toujours, enfin depuis que notre liaison de quelques mois s'était terminée abruptement, il y a dix ans: je partais étudier à l'étranger, il ne voulait pas m'attendre, je ne voulais pas ne pas partir. Nous avions gardé contact, n'hésitant pas, pendant les périodes de sécheresse, à nous octroyer un petit interlude sexuel. Réanimer mon aventure avec Paul me sembla sans risque, puisque, malgré la présence d'un certain désir, nous savions tous deux que, amoureusement parlant, cela ne pouvait fonctionner.

Comme c'est le cas pour tous les plans, parfois, on oublie un détail, minuscule. Mais c'était l'été. Il fait toujours bon, l'été, ne pas être seul. C'est la saison des mariages et autres occasions où être en couple simplifie grandement la vie. Il fait chaud, les corps sont toujours à moitié nus et, soyons honnêtes, cette constante demi-nudité crée une certaine soif, ou faim, peu importe l'euphémisme. Le détail était là, à rigoler en me regardant saisir le téléphone. J'ai choisi de ne pas le voir.

J'ai revu Paul un soir de juillet. Il avait fait une chaleur suffocante toute la journée. C'était le jour de la cueillette des ordures, et dans la rue planait une vague odeur de vieilles couches et de légumes pourris. Après avoir parcouru la vente de trottoir du boulevard Saint-Laurent, Paul et moi avons pris une bière sur son balcon du troisième alors qu'une petite pluie tombait sur la ville, abaissant le mercure de quatre ou cinq degrés. Puis, nous nous sommes retrouvés dans son lit, je ne sais plus comment. Notre discussion, mémorable par ses coq-à-l'âne, n'avait été qu'une longue suite de préliminaires excitants. Lorsqu'il s'enfonça en moi, Paul murmura : « Juste un peu de sexe sans conséquence. » Je n'ai rien répondu. « Cela va de soi », pensai-je alors même que je jouissais sans l'avoir vu venir. Sans mauvais jeu de mots.

L'été avait commencé tôt cette année-là. Dès mai, de grandes chaleurs avaient précipité les Montréalais sur les terrasses et les pistes cyclables. En juillet, la ville prit des airs de sauna, qu'elle n'abandonnerait d'ailleurs, autant le dire tout de suite, qu'à la fin septembre. Il y eut une entente tacite entre Paul et moi, entente qui nous permit de nous créer un rythme: presque tous les soirs de la semaine, après le travail, nous nous retrouvions pour casser la croûte et faire l'amour – baiser, répétait Paul –, avant de nous endormir exténués. C'était simple, sans tralala, comme notre amitié. Cela convenait à l'impossibilité de penser qui accompagne la canicule dans une grande ville.

C'était la relation estivale parfaite: le beau temps créait un état de désir perpétuel, et comme Paul et moi étions amis depuis longtemps, nous pouvions parler livres, musique, films sans jamais nous ennuyer. J'aimais particulièrement, les soirs trop étouffants, parcourir la ville à pied, à la recherche d'un peu d'air frais. La rue Saint-Denis, avec ses bars, ses terrasses et ses librairies ouvertes très tard, nous offrait une multitude d'options. Et il y avait toujours la dernière séance au cinéma, lorsque, vraiment, nous n'en pouvions plus.

Oui, c'était vraiment l'idéal. Mais j'avais oublié un détail, un tout petit détail. Et j'ai commencé à me souvenir du détail lorsque le mois d'août est arrivé. Août, dans mon domaine, est plutôt tranquille. C'est le mois parfait pour prendre des vacances, même si cela veut dire poursuivre les amis dotés d'une maison de campagne afin de pouvoir quitter la ville quelques jours. Il y a le chalet de Julia, dans les Cantons-de-l'Est, la maison de mes parents, près de Percé, celles de mes frères et sœurs. Pour la paumée que je suis, les connaissances offrent les seuls lieux de vacances possibles. Mais cette année, malgré le voile d'humidité qui planait sur la ville et semblait certains jours couvrir les corps d'une mince couche de pluie en suspension, je n'avais pas envie de prendre mon sac à dos et le train. Mes vacances annuelles au bord de la mer, un café dans une main et un roman policier dans l'autre, ne m'intéressaient pas. Je prétendis que je ne me sentais pas d'attaque pour passer du temps en famille. Je prétextai un surplus de travail. Je mentis en disant que je n'avais pas les moyens de prendre le train. Et lorsque ma sœur offrit de me payer le billet, je lui racontai que je ne pouvais pas quitter la ville parce que j'attendais la visite d'une vieille amie venue de l'étranger.

C'est à ce moment-là, quelque part au milieu de mes fausses raisons, que le détail est revenu me hanter. Proust aurait été fier de moi: assise sur mon balcon, un thé glacé suintant dans la main droite, je sentis une goutte quitter le verre et se poser sur ma main et me retrouvai dix ans auparavant, assise sur un balcon similaire, avec un thé glacé dans la main gauche cette fois, puisque la droite était prise par une autre main. Celle de Paul. L'été de nos vingt-cinq ans, j'essayai de convaincre Paul que nous parviendrions à faire durer notre relation s'il consentait à venir me rendre visite en France. Mais pendant que j'agrippais sa main comme si cela pouvait encore nous sauver, Paul refusa. Nous étions trop jeunes, disait-il, pour «tenir» – c'était son mot – pendant quatre ans avec un océan entre nous. Il voulait que je reste, parce qu'il disait que, vraiment, il n'y avait aucune raison valable pour aller à l'étranger alors que les universités d'ici m'offraient de si belles possibilités. Mais j'avais rêvé toute ma vie de jeune adulte d'être admise dans une université étrangère, et ce qu'il me demandait me sembla un sacrifice trop grand. L'été de nos vingt-cinq ans, alors que Montréal suait à grosses gouttes, Paul et moi fîmes des provisions d'amour et de sexe. Nous étions les derniers amants sur cette terre, et mes parents me reprochèrent de ne pas leur avoir rendu visite alors que je me préparais à partir pour si longtemps. Et lorsque septembre arriva, incapables l'un comme l'autre de consentir à un tel sacrifice, nous nous quittâmes. Je partis pour la France, je fis mon doctorat, et lorsque je revins définitivement, quatre ans plus tard, Paul et moi étions ailleurs, chacun occupé à commencer sa carrière, chacun pris dans sa recherche de l'amour. Nous étions amis.

Un matin d'août, dix ans plus tard, Paul arriva chez moi et me trouva pétrifiée sur une chaise de plage. J'eus l'impression de revenir en arrière, de me retrouver une décennie plus tôt, sur le même balcon, avec la même main dans ma main droite. Mais nous avions vieilli, nos mains étaient devenues plus rugueuses, et nos visages commençaient à se rider.

– Je ne pars pas cette année, Paul.

– Pourquoi ?

– Je ne veux pas faire la même erreur qu'il y a dix ans.

– Ce n'était pas une erreur.

– Et si je reste, cette fois-ci ? Ou si tu viens avec moi ?

Il prit une gorgée de thé glacé, appuya sa tête sur le dossier de sa chaise et regarda les écureuils qui s'ébattaient dans le compost du voisin. Sa main relâcha un peu la mienne.

Le saut de la grenouille

Sur la banquette arrière, James, six ans, compte les grenouilles mortes sur la chaussée. Ce n'est pas une tâche facile, d'abord parce que la voiture roule plutôt vite, ensuite parce qu'il faut se hisser assez haut sur le siège pour voir un peu plus loin que le rebord inférieur de la fenêtre. Le jeu en vaut la chandelle pourtant. Des centaines de grenouilles se précipitent en ce moment sous les roues de la voiture. Elles semblent venir de nulle part, même si James sait qu'elles vivaient jusqu'alors dans la rivière près des champs noyés par la fonte des neiges, et qu'elles n'avaient existé que pour cela: démontrer, par l'absurde, à quel point elles étaient nombreuses. Pourtant, il ne les a jamais vues, comme si elles avaient été cachées, comme si elles avaient attendu. L'avaient attendu, lui. Alors, James considère important qu'au moins une personne porte attention à ces grenouilles qui surgissent de la rivière et finissent écrasées sous les roues des voitures. Il se sent investi d'une mission très importante: faire exister encore un moment chacune des grenouilles.

James ne comprend pas comment il se fait que, le reste du temps, tous ces autres matins où il est passé en voiture pour aller à l'école, au village, faire des courses, comment il est possible qu'il n'ait jamais vu au moins une grenouille. Il sait qu'il ne cherchait pas nécessairement les grenouilles mais, tout de même, il est curieux.

Peut-être les grenouilles de ce matin ont-elles été chassées par un monstre particulièrement avide en ce début d'avril ?

Parfois, James se réveille en sursaut, et Maman ne comprend pas que c'est parce qu'il vient de voir dans ses rêves le monstre à quatre têtes que Jérôme a combattu la dernière fois que son papa l'a emmené dans les champs. Elle ne croirait pas cette histoire de Jérôme, de toute façon. Papa non plus. Ils diraient la même chose que pour le monstre sous le lit de James, que c'est la faute de son imagination, et que ce qu'il entend, ce n'est pas un monstre mais les branches d'un arbre dans sa fenêtre, ou le chien du voisin, ou un vol d'oiseaux. Alors à quoi bon demander à Maman si elle voit la bête féroce qui chasse en ce moment les grenouilles de la rivière. James se promet que lorsqu'Alexandra fera des cauchemars, il ne lui dira pas des mensonges comme font Papa et Maman, et ils iront ensemble à la recherche du monstre pour montrer à leurs parents que James avait raison. À deux, cela ira certainement mieux.

James ne se souvient pas d'avoir jamais vu autant de grenouilles mortes ou vives. Il se répète « mort ou vif » : il a entendu l'expression quand Maman lui lisait un livre qui racontait la poursuite d'un méchant bandit. Il aime bien les histoires de bandits, cela lui fait moins peur que les autres histoires, celles où les parents sont méchants, et les ogres mangent les enfants, et finalement il y a une belle-mère ou quelque chose comme ça. Il ne sait pas ce que c'est une méchante belle-mère, sauf si c'est comme Pauline, l'enseignante de troisième année, et il lui semble qu'un ogre, cela doit ressembler au chien immense du voisin. Mais en tout cas, c'est bien, de temps à autre, d'entendre une histoire sans enfants, parce qu'alors il sait qu'il n'y aura pas d'orphelins dans l'histoire.

Plus de rivière, plus de grenouilles. Que des champs, des champs pleins d'eau. Probablement qu'en y regardant de plus près, pense James, on trouverait quelques vers. Mais les vers ne l'intéressent pas, il n'a qu'à aller dans la cour arrière pour en trouver après les pluies. Les vers, ce n'est pas comme les grenouilles, c'est facile à attraper. Les chenilles, c'est plus rare, mais de toute façon, il y a tellement de moustiques que James ne les remarque plus. Il voudrait bien qu'il y ait un lac près de chez lui, comme ça, il pourrait pêcher des têtards, peut-être même en canot. James regarde sa mère, assise à l'avant, les mains bien posées sur le volant. Non, elle ne voudra pas aller à la pêche. Pas le temps, dira-t-elle sûrement. Trop de boue en plus. Maman n'aime pas la boue, surtout quand Popeye, le chien, sautille dans la vitre de la porte arrière et y laisse de belles empreintes.

Sans grenouille, le trajet devient un peu ennuyant. C'est beau, les champs, quand la machinerie agricole lève un nuage de poussière. Ou quand il vente fort l'hiver et que les maisons disparaissent sous la poudrerie. Mais en avril, il est trop tard pour la neige, et encore un peu tôt pour les grands travaux. Il y a trop d'eau et de boue, et il ne reste même pas un vieil épi de maïs. James jette un regard vers sa petite sœur. Il ne trouvera là aucun réconfort ou désennui. À un an, Alexandra s'endort dès qu'elle se retrouve dans un véhicule, qu'il s'agisse d'une voiture ou du chariot de l'épicerie. Elle ne saura pas ce que sont les grenouilles, ni les ogres, ni même la pêche. Décidément, leur mère aurait dû écouter James et lui donner un petit frère au lieu de cette chose qui ne fait que pleurer, baver et trébucher partout.

À défaut de mieux, James sort son livre de lecture de son sac d'école. Les mots sur la page l'intéressent au plus haut point, peut-être même plus que les grenouilles sur la route. Il les voit, les mots, comme les codes d'une carte secrète, d'une carte pour un trésor, et il se dit que s'il parvient à finir le livre avant les autres, alors il aura le trésor et peut-être que les méchants n'attraperont pas les enfants. Parce que James ne peut s'empêcher de penser que les grands ne savent pas lire les histoires, ou alors qu'ils les lisent trop lentement, sinon ce ne serait pas seulement la fin qui serait belle, le reste le serait aussi.

– Je peux lire Léa, Maman, je peux lire la pipe de papa est sur le lit de Léa, je peux lire ton nom aussi, je peux lire Nadia, et Pierre, et Alexandra, et je peux aussi lire chat, on a des chats nous, Maman, et un chien, et Maman…

– Attends, James, tu vas trop vite.

– Mais Maman, tu sais je peux lire tout ça, et d'autres mots aussi, et je peux les écrire aussi, et je vais écrire une histoire pour Alexandra et…

– James, tu n'as que six ans, sois patient.

Maman dit toujours à James de ralentir, de prendre son temps. Elle n'aime pas quand James s'essouffle à raconter des histoires de dragons, de châteaux et d'ogres mangeurs d'enfants. Elle voudrait que James soit plus calme, plus « posé ». Elle dit souvent cela, « posé », mais James ne sait pas trop ce que cela veut dire. L'autre jour, James essayait de lui expliquer que Jérôme avait volé un crayon à Claudine, et Maman ne devait pas le croire, parce qu'elle lui a dit d'arrêter et de respirer un peu avant de continuer, parce qu'il fallait qu'il apprenne à être plus « posé ». James l'a regardé, inquiet, et lui a dit : « Mais Maman, je ne veux pas être posé sur la tablette comme les livres. » Maman n'a pas aimé du tout, elle a cru que James riait d'elle. Elle l'a envoyé dans sa chambre en lui interdisant bien de lire ou de jouer ou de faire quoi que ce soit. Alors James est resté étendu sur son lit, les mains sous la tête, à compter les ombres sur le plafond.

C'est un jeu qu'il aime bien, quand il est puni, parce que si Papa ou Maman entre dans la chambre, il peut prétendre réfléchir. En vérité, James se sert des ombres pour raconter des histoires de dragons et d'ogres mangeurs de parents, mais il ne le dira à personne. Et surtout pas à Maman. Peut-être à Alexandra, quand elle sera punie. Mais seulement si elle est gentille, et si elle apprend à attraper la balle comme il faut, au lieu de tomber à la renverse dès qu'elle rencontre un obstacle.

James continue de réciter les mots qu'il sait maintenant écrire. Il en est à la série d'animaux, zèbre, crocodile, mouton, cheval, lorsqu'il lève un peu la tête et crie « voiture ». Devant eux une voiture rouge apparaît, et James entend le bruit de la tôle qui se froisse en même temps qu'il sent la voiture de Maman se mettre à tourner sur elle-même. Et puis c'est fini, et il lui faut se soulever encore sur son siège pour apercevoir la voiture rouge, loin devant, enroulée autour d'un arbre.

James est calme. Il observe l'auto, là, dehors, et sa mère, qui semble regarder ailleurs. Alexandra le regarde, et on dirait qu'elle ne voit pas que son bras est un peu coincé par le côté de la voiture qui s'est rapproché d'elle. Il ne comprend pas pourquoi Maman ne se tourne pas vers lui, et pourquoi Alexandra ne pleure pas, elle qui crie à la moindre éraflure. Il y a de la fumée, un peu, comme un brouillard. James ne sait pas ce qui s'est passé, ni d'où venait la voiture. Il n'arrive pas à se souvenir s'il en était à réciter le mot voiture, ou s'il l'a crié parce qu'il l'a vue. Peut-être que c'est lui qui, en la nommant, l'a fait apparaître de nulle part. L'arbre s'est penché sur la voiture rouge, de sorte qu'on ne distingue plus grand-chose. Il entend quelque chose, un drôle de bruit, peut-être un pleur, comme quand sa sœur se réveille la nuit, pourtant ce n'est pas elle, elle demeure silencieuse. James commence à croire que les roues et le bruit de l'auto sur l'arbre ont réveillé un monstre. Alors il désobéit, parce qu'il se dit qu'un monstre, c'est une bonne raison pour détacher sa ceinture de sécurité. Il se glisse entre les deux sièges avant et pousse Maman, en se forçant pour ne pas voir les gouttes de sang qui perlent de son front.

« Maman, Maman, j'ai peur, Maman. » Il faut un long moment pour que Maman se réveille, elle est là et tend la main vers son visage. « Tout va bien, James, retourne dans ton siège et assieds-toi. Je vais sortir de la voiture et aller voir si tout va bien. »

Alexandra regarde Maman d'un air affolé, mais elle ne pleure toujours pas. Et Maman sort de la voiture, ce que James n'aime pas, vraiment pas, et elle s'approche de l'auto rouge. James a peur que Maman force pour ouvrir la portière. L'homme assis derrière le volant ne bouge pas et, même de loin, James voit que ses yeux sont ouverts. Est-ce qu'il essaie de voir autre chose, les grenouilles peut-être ? Derrière l'homme, la chose continue de faire du bruit. James entend Maman qui parle doucement, comme lorsqu'il fait des cauchemars, et pour la première fois il se demande si ce n'est pas un enfant qui a peur de tout ce bruit et de la fumée. Et puis Maman tombe sur le sol, et la chose sort de la carcasse rouge.

Devant James apparaît une bête étrange, immense, c'est peut-être le monstre. Non, c'est un chien. On dirait qu'il n'en finit plus de se déplier pour sortir de la carcasse, et il a du sang sur lui, du sang dans un œil. Et il regarde James un long moment avant de se mettre à courir.

Et alors, vraiment, James se met à avoir peur, parce que les chiens ne se sauvent pas quand tout va bien. Il se hisse sur son siège, c'est plus facile quand on n'est pas attaché, et il voit que Maman n'a toujours pas bougé du sol. Et il crie, un long cri, et Alexandra aussi. Puis, un long silence. Très long. Et finalement, des voitures, le bruit des portières qui claquent, quelqu'un qui a un manteau tout jaune et qui lui montre quelque chose, un ourson en peluche avec une boucle bleue. « Je veux pas, je suis un grand garçon, je veux ma maman, je veux voir ma maman. » James pleure, il voudrait cesser de crier, mais tous ces gens, et Maman qui est là-bas, et le chien qui s'est sauvé, il n'y comprend rien.

Il réussit à se calmer un peu. Autour de lui il y a des hommes et des femmes, et le jaune qu'il a vu est celui des ambulances. Il entend toujours résonner la voix du chien pendant que des gens s'affairent autour de lui, de sa maman et d'Alexandra. Près de la voiture rouge, trois ou quatre hommes discutent. James leur demande si le monsieur va bien, s'il dort, et alors un homme au visage très doux s'approche de James, le soulève et le dépose sur une civière qu'il roule ensuite jusqu'à l'intérieur de l'ambulance. Lorsque les portes se referment, James comprend que les ambulanciers veulent l'éloigner, et il sait aussi, même s'il n'en est pas sûr, que cela veut dire que l'homme, non, ne se réveillera pas.

Dans l'ambulance, James se rappelle qu'il est un grand garçon, et qu'il a une petite sœur. Alors il lui parle, de sa petite voix si claire, sans arrêt, pendant la vingtaine de minutes que dure le trajet. Mais Alexandra ne fait que gémir, et l'ambulancier au visage doux chuchote presque en enroulant autour de son bras une sorte de pansement qui semble se gonfler. Et James, qui ne cesse de dire qu'il va bien, qu'il n'a pas mal et qu'il n'a pas besoin d'ourson, se rend compte que Maman n'est pas avec eux, qu'il était si occupé à regarder l'homme et la voiture rouge qu'il a oublié de leur dire où était Maman.

Dans la gorge de James s'agite quelque chose, qui gonfle et prend toute la place. Et ses yeux aussi agissent bizarrement, et James continue de parler à Alexandra, mais sa voix soudain se casse, et au même moment il voit que le monsieur au visage doux lui parle maintenant, qu'il a posé sa main sur la joue de James, délicatement. James ne va pas bien, il ne veut pas le dire, mais il ne va pas bien, parce qu'il a peur, et que Maman n'est pas là, ni Papa, et qu'il entend encore le chien, et autre chose, un bruit qu'il ne reconnaît pas mais qu'il devine être sa propre voix lorsqu'il pleure vraiment.

*

Papa est venu les chercher à l'hôpital. Maman était toute blanche, et Alexandra a eu un plâtre pour son bras. Pendant quelques jours, James a eu peur, la nuit surtout, parce qu'il entendait le chien et le bruit de la voiture. Il courait alors rejoindre ses parents, ses petits pieds dans leurs mains, sa tête contre l'épaule de Papa, là où cela sent un peu la sueur à la fin de la journée. Et puis tout le monde a repris sa vie.

Maman et Papa observent James de très près depuis l'accident. Il se demande si, peut-être, ils le surveillent, comme des policiers. S'ils cherchent des indices. Alors James est plus tranquille que d'habitude. Il est sage comme une image. Posé, comme Maman voulait. Mais Maman ne semble pas aimer cela, elle qui voulait tant que son grand garçon soit sage. À tout moment, elle lui demande à quoi il pense. S'il a froid, faim, s'il a du chagrin. Et James ne sait pas quoi répondre. Il ne sait pas comment expliquer que, maintenant, il doit surveiller sa petite sœur, au cas où. « Au cas où quoi ? » demanderaient les parents. « Je sais pas. Au cas où seulement », répondrait James. Parfois il se réveille, la nuit, couché sous le lit de sa petite sœur. Il ne fait pas de cauchemars pourtant. Ses nuits sont sans rêves : pas de monstres, de voyages dans l'espace, de grenouilles dans les champs.

Mais de temps à autre, James sursaute, son cœur bat vite, et ses mains deviennent moites. La plupart du temps, c'est parce qu'il a pensé au grand chien.

*

Il a neigé ce matin. Juste assez pour recouvrir le gazon. Juste assez pour continuer à voir, dans le champ derrière la maison, les restes des plants coupés par les machines agricoles. Il y a, dehors, un silence que James aime, celui de la première neige. Il croit que c'est à cela que doit ressembler l'hésitation des oiseaux, ce moment où les migrateurs tardifs se disent qu'il est temps pour eux de prendre leur envol. L'arbre, devant la maison, a remplacé ses quelques feuilles jaunes par des groupes de glaçons. James, la tête levée, observe, se demandant quel glaçon tombera le premier. Il a voulu sortir avant tout le monde, laisser, le premier, l'empreinte de ses pas sur cette neige toute neuve mais trop mince pour être entièrement blanche.

Aujourd'hui, James sait qu'il n'y aura pas suffisamment de neige pour construire un fort. Il sait que la neige fondra dans les prochaines heures, et qu'à son retour de l'école, il n'y aura plus aucune trace de cette première bordée. Mais il voudrait bien qu'il y ait une tempête, pour pouvoir construire un fort, s'y installer avec Papa, et lui poser des questions. Sur les voitures. Et les morts. Et les chiens.

James, assis bien confortablement sur le siège arrière de la voiture, réfléchit. Aujourd'hui est son anniversaire. Il lui semble qu'il ne peut regarder les champs comme il les regardait encore il n'y a pas si longtemps. Bien sûr, James n'a que sept ans, il est un peu petit encore pour les grandes réflexions philosophiques. Mais maintenant qu'il a vu un chien pleurer, il pense que les monstres sous les lits, les bêtes féroces et les grenouilles qui surgissent des champs après une pluie de printemps ne sont plus aussi importants qu'il le croyait.

Nuit

Elle ne sait pas à quel point elle peut être belle dans cette robe aux fleurs un peu fanées. Son visage s'est durci, ses traits sont irréguliers, et un air d'amertume l'envahit doucement.

Pourtant, elle est belle.

Surtout lorsqu'elle sourit. Ce pourrait être un rictus, mais sur son visage ravagé, ce qui se glisse presque par inadvertance ressemble à une offrande.

Tantôt, lorsque la soirée sera un peu plus avancée, sa voix deviendra un peu fausse. Ses mains se mettront à dessiner dans les airs des cartes mystérieuses vers des trésors perdus.

Leur tracé vain me fascine, et ces mots qu'elle n'arrive plus à dire. Cette façon qu'elle a de lancer son corps vers son interlocuteur, comme pour convaincre l'autre de la véracité de ses histoires.

Pour l'instant, elle parle. De temps à autre, elle se penche vers quelqu'un et entame une conversation à mi-voix. Dans ces moments, on dirait que n'existe plus pour elle que cette question qui lui brûle les lèvres. Souvent, la réponse la laisse songeuse. Un air de tristesse traverse son visage. Et puis un sourire las. Elle lève son verre, l'absorbe.

Mais il y a toujours ce verre de trop. Elle s'endort là, au beau milieu d'une phrase. Un temps, la fête continue. Puis un silence, et le sentiment d'un abandon. Désemparé, chacun quitte, la laissant là, en boule près du feu ou enveloppée dans une serviette. Demain, tantôt, elle s'éveillera seule.

Au moins, elle aura dormi.

Je voudrais écrire ces heures où elle sombrait. Son visage apaisé. Ses réveils en sursaut. Son regard perdu et son corps qui tremblait un peu. Mais elle m'échappe.

Alors je la contourne un peu.

Je sais le passage des hommes dans sa vie par la trace que chacun laisse sur ses murs, en un signe presque imperceptible : engouement pour un nouveau compositeur, un peintre, un mot, une couleur. Elle a cette faculté de se transformer, de se fondre à un nouvel habitat. Elle ne peut être autrement que différente avec chacun, et n'est fidèle qu'à cette part d'elle que chaque amant lui fait découvrir.

J'ai l'étrange privilège de la voir se mouvoir dans différents lieux.

Toute sa vie, elle n'a fait que couvrir ses traces, craignant que quelqu'un remonte jusqu'à elle. Je n'ai d'elle qu'un cahier rongé par l'eau.

Elle l'a laissé là, probablement précisément pour que je ne puisse pas le lire. Alors j'invente un peu.

D'abord ce fut l'insomnie. Des heures entières dans le noir, à regarder passer les minutes sur le mur de sa chambre, à entendre les autres respirer à côté. Elle s'est mise à écrire, à tenir ce petit carnet noir aux lignes de collégienne. Ce n'était pas tant le relevé des faits que celui du mouvement des ombres. La main qui frôlait le papier lui est devenue d'autant plus chère qu'elle était le remède à ses angoisses. Bien vite, le plaisir de ce moment l'a emporté sur le besoin de sommeil.

La nuit, pour se tenir éveillée, elle buvait du jus d'orange en portant attention aux bruits de la ville. Elle s'en faisait une enveloppe.

Avec les années, un peu de vodka s'ajouta aux oranges.

Son arrivée dans notre vie coïncide avec mon huitième anniversaire. J'entre dans sa maison avec le sentiment d'une oppression.

L'enfant porte un jugement rapide, instinctif. Cette femme détruira tout sur son passage. Elle ne me détrompe pas. Quelques mois suffisent, et la paix fragile se rompt. Notre vie ne sera plus jamais la même. Même les réconciliations n'ont plus le goût d'avant.

De crise en crise, elle reste. Le cercle d'amis qui se meut autour d'elle ressemble à une secte: on y boit, mange, pense, trompe, aime. Chacun fait à tour de rôle l'objet de sa préférence. Aucune limite à ses lubies. Elle seule tient les rênes, les règles du monde extérieur ne comptent pas dans ce lieu sans lieu.

Elle seule a le pouvoir de rompre avec quelqu'un. L'exclusion ressemble à une excommunication. Le banni se retrouve seul, personne du groupe n'osant contrevenir à l'édit.

Elle nous tient dans sa main, et nous nous laissons entraîner dans la fascination. Elle nous ouvre à cette partie de nous-mêmes qui ne répond pas à l'interdit. Parfois, quelqu'un résiste. Elle le regarde, et dans ce regard il y a toute son incompréhension, sa conviction que, pourtant, rien ne peut arriver.

Et de fait, rien n'arrive. Jusqu'à l'éclatement, dix ans plus tard. Et alors l'univers s'ouvre, faille immense qui dénonce à quel point tout cela était malsain.

Il y avait en elle un tourment. Il la tenait éveillée, ne lui accordait aucun repos. Elle tentait de l'endormir par des pilules de faux rêves, ou par des boissons, de plus en plus nombreuses, et bientôt le mélange de tout cela. Cela l'aidait à supporter son propre désert.

Il faut qu'elle disparaisse. Il faut qu'elle cesse de me hanter, que son visage mort quitte mes rêves. Il m'est étrange de tenter de l'écrire, celle par qui j'ai découvert tout à la fois la haine et l'adoration, les réconforts et les exigences du silence. Dans son pas titubant, dans sa voix éraillée, il y a toujours eu ce même désir de se rapprocher.

Elle m'intriguait par cette force en elle qui nous repoussait lorsque nous menacions de la rejoindre.

Elle a tout détruit autour d'elle. Ceux qu'elle aimait. Ou qui l'aimaient. Les enfants, les adultes, personne n'était protégé.

Quelque chose me dit qu'elle l'a fait exprès. Que sa mort, surprenante il est vrai, n'en était pas moins prévue pour nous troubler, nous surprendre, nous laisser avec toutes ces questions et ses multiples et irréconciliables identités.

Nous avions grandi, vieilli autour d'elle. Nous commencions à soupçonner l'étendue des dégâts. À envisager que, peut-être, notre soleil nous avait brûlés, détruits. À voir, comme si cela arrivait à quelqu'un d'autre, l'étrange fascination qui nous retenait près d'elle changer, devenir du mépris, ou de la haine.

Elle s'est laissée mourir au moment où nous avions à lui parler, façon inéluctable de nous dire qu'elle ne s'en souciait déjà plus.

Je me dois de croire à sa mort. J'ai vu, là-bas, un cercueil d'acajou. J'ai posé ma main sur le bois patiné, doux et froid, et mes pieds se sont arrêtés sur le petit tertre de terre fraîche.

Je n'ai comme certitude que celle de sa mort, mais je n'y crois pas. Je ne peux chasser cette idée que ce n'est qu'un jeu. Peut-être sirote-t-elle en ce moment quelque boisson, assise au soleil, avec un chat ou un livre sur les genoux.

Young Nate, Old Joan

Un jour, avant qu'il ne cesse de rêver, Philippe avait imaginé finir de se décomposer dans l'un de ces lieux paisibles où il fait bon jogger. Il avait même trouvé le lieu : un cimetière, à deux pas du Métropolitain. Il le préférait non pas à cause de l'autoroute, ni même du quartier, mais parce que, contrairement au cimetière Côte-des-Neiges, il n'y avait pas là d'immenses stèles, de tombeaux extravagants, de chemins qui ne finissent pas. Non, la symétrie du cimetière de Ville Saint-Laurent, sa modestie, son silence l'avaient comblé. Il lui semblait retrouver là son idée de la ville idéale, loin de ces nouveaux développements résidentiels où toutes les maisons se ressemblent et où il est si facile de se perdre. Cette ville idéale, au contraire, n'aurait pas de croissants et de culs-de-sac. Le marcheur saurait toujours exactement où il se trouvait. Et, au besoin, il n'aurait qu'à lever la tête pour apercevoir la flèche de l'église.

Il s'était perdu en se rendant à une entrevue, ou à une audition, ou quelque autre rendez-vous. Il ne se souvenait pas de la raison exacte qui l'avait conduit dans cette partie de la ville où la voiture règne mais où parfois, les bons jours, le marcheur se retrouve entouré d'arbres. En voulant fuir les bruits de l'autoroute, il avait aperçu cette immense surface verte, et suivi une coureuse qu'il trouvait particulièrement jolie. Peu importe le rendez-vous, il n'y alla jamais. Il perdit rapidement de vue la joggeuse, et se retrouva seul, entouré de soleil. L'autoroute cessa d'exister, ses bruits de moteur et de klaxon s'amenuisant au fur et à mesure qu'il avançait dans le cimetière. Il s'arrêta, soufflé par ce calme.

Il aima particulièrement le fait que les stèles s'y limitaient à de petites plaques rectangulaires à même le sol. Il rêva de voir la sienne tranquillement disparaître sous la mousse et le gazon. Après le désordre des cimetières de villages, du Père-Lachaise ou même du cimetière de Prague, une telle pensée logique l'apaisait. Surtout parce que cela ne lui ressemblait en rien. Mais il voulait que la mort ait au moins le bienfait de lui apporter un peu d'ordre.

Il rentra chez lui, convaincu qu'à défaut de savoir ce qu'il ferait de sa vie, il savait au moins où il la terminerait.

Philippe raconte l'histoire du cimetière quand il a trop bu. Ses copains l'ont entendue plusieurs fois, et toujours en hiver, parce que l'hiver ne convient pas à Philippe. Il devient étrange, triste. Il pense, dit-il. C'est sa réponse. Que fais-tu ? Je pense. De novembre à mai, Philippe pense semble-t-il à toute heure du jour et de la nuit. Ses réponses donnent l'impression que penser est pour lui un métier à part entière. D'ailleurs, personne ne sait exactement à quoi Philippe occupe ses journées, même si tous s'entendent pour dire qu'il a sûrement un emploi, ne serait-ce que parce qu'il paye toujours son loyer, ne se plaint pas de problèmes d'argent, mais n'agit pas non plus comme s'il vivait de ses rentes.

Philippe habite un minuscule appartement, au troisième étage d'un immeuble de la rue Rachel. À peine trois pièces, divisées de telle façon qu'il est impossible de s'y installer convenablement, de trouver l'espace pour un lit, un fauteuil, quelques chaises. Mais il y a de grandes fenêtres qui donnent sur le parc La Fontaine. Dès le printemps, le parc devient presque invisible à cause de la présence de grands arbres dont les feuilles bloquent un peu la lumière. Philippe aime cela, ce bruissement des feuilles, lorsque la ville semble assiégée par la chaleur humide du mois de juillet et que le moindre souffle de vent est accueilli comme le bateau qui vient à la rescousse de naufragés en pleine mer orageuse.

Les amis de Philippe savent, parce que Philippe l'a mentionné à plusieurs reprises, qu'il a déjà écrit, qu'il voudrait écrire, mais qu'il n'écrit plus. Dans l'escalier qui relie le deuxième et le troisième étage, Philippe a punaisé des ébauches de romans, de poèmes, des restes à peine visibles de ses illusions, quand il croyait encore qu'il parviendrait à écrire ce grand roman, ou cette grande suite poétique, qui l'avaient dirigé vers la littérature, il y a longtemps. Au début, ses amis, en voyant ces papiers s'accumuler, en les frôlant dans l'étroite cage d'escalier à chaque fois qu'ils lui rendaient visite, ont cru que, peut-être, Philippe leur montrait un travail en cours. Que, peut-être, il avait enfin réussi à débloquer. Mais non, ont-ils compris. Ces papiers ne sont pas les traces d'un projet, ils en sont les ruines. Et la présence de ces feuilles qui jaunissent, se craquellent, se retrouvent parfois sous leurs pas enneigés finit par trahir mieux que n'importe quelle parole ce que l'apparente effervescence de Philippe cache.

Philippe n'écrit plus, sans raison ni justification. Longtemps il lui a semblé que seule l'écriture pouvait le sauver mais, à 43 ans, il rit de ce longtemps. Chaque jour, ses convictions d'écrivaillon innocent lui paraissent plus ridicules, plus minuscules. Il sait qu'il pourrait probablement écrire, que s'il y mettait un peu de temps, cela serait possible. Chaque soir, il se répète la même chose : demain, je n'attendrai pas la nuit, et j'écrirai quand les tâches ne m'encombreront plus, quand j'aurai retourné tous les appels, fait toutes les courses. Mais il n'écrira pas demain. Il y aura toujours une tâche qui s'ajoutera aux autres, un rendez-vous imprévu, et alors la nuit tombera, et avec elle toute possibilité d'oser s'asseoir à sa table.

Ce texte jamais écrit le brûle chaque jour davantage mais Philippe lutte encore. Aligne les mots, répète le rituel. Même si rien ne se passe. Même si les chandelles achèvent de se consumer sans lui, parce qu'il ne peut supporter le silence qui se poursuit jour et nuit dans sa tête, sur le papier, tout autour.

Il ne croit pas que les chandelles puissent venir à son secours. Le salut n'existe pas. Il ne se passera plus rien, voilà ce que dénonce le silence. Bientôt, Philippe ne tentera plus de le nier. Mais en attendant, il reste le petit bar, juste sous ses fenêtres. Il reste l'atmosphère étouffante des cigarettes et des soûlards, l'odeur de sueur et de désespoir quand approche l'heure de la fermeture. Pendant que les chandelles s'éteignent, pendant que le chat dort sur les papiers, Philippe danse et boit. Et quand le soleil commence à se lever, il rentre, parce qu'il ne fait plus noir. Le soleil l'accompagnera dans le sommeil, et il ne sera pas seul.

Et demain… Ce n'est même plus sordide, ni pathétique. Le désespoir pratiqué à un tel niveau devient presque un art.

Pendant les mois d'hiver, l'histoire du cimetière de Ville Saint-Laurent surgit invariablement dans les conversations. Philippe a visité tous les cimetières d'Europe et d'Amérique comme d'autres les cathédrales et les châteaux. Immanquablement, la mention d'une ville amène un commentaire de Philippe sur son cimetière.

J'ai rencontré Philippe autour d'une conversation sur le cimetière. Je dis bien autour. J'étais avec Marc, il me présentait ses amis, et Philippe parlait. Je l'ai regardé agiter les mains, dessiner son cimetière dans les airs, puis attraper une serviette en papier et tracer le plan de son monde idéal. Les autres n'écoutaient plus, on était en mars, l'histoire du cimetière relevait de la rengaine. Mais moi, j'écoutais. C'était il y a 18 ans. J'écoute toujours, je reconnais les variations subtiles, et sais quelles conclusions en tirer.

Philippe, comme j'en fis rapidement la découverte, connaît des engouements fulgurants et contradictoires: la musique des moines bénédictins, pendant un long moment, a ainsi constitué la toile de fond de son appartement. Puis du techno, du techno à n'en plus finir, à plein volume. Philippe alterne les périodes de silence et les périodes de vacarme, le silence contemplatif et la violence du cri. Ses murs aussi connaissent des changements dramatiques: il passe des rouges et orangés aux couleurs pastel, le tout en quelques heures, son appartement prenant alors des airs de chantier. De temps à autre, aussi, une période blanche, et alors tout ce qui dérange son regard est éliminé, jeté. Il ne semble pas y avoir de logique à ces changements, le blanc ne va pas nécessairement avec la musique silencieuse, ni le rouge avec la violence du heavy metal. Rien de logique, rien pour se rattacher à un sens. Seule certitude, la saison du cimetière. Tout le reste est aussi arbitraire que les résultats de la loterie.

Nous sommes dans une période blanche. Nous étions. À mon arrivée, j'ai découvert que les images que je lui ai offertes ont élu domicile dans la poubelle du balcon arrière. Philippe est assis sur le sol du salon, le canapé ayant mystérieusement disparu. Il parle d'une boutique du quartier. Il est hanté par cette boutique. Elle est sur son chemin, lorsqu'il se dirige vers l'avenue du Mont-Royal en empruntant l'avenue Papineau. Tout près d'un club vidéo et d'un magasin d'électroménagers usagés, il y a cette boutique. Dans la vitrine, dit-il, il y a des bibles ouvertes à différentes pages. Derrière, on voit un Jésus ou un autre soldat de Dieu. Des icônes. Il n'a jamais vu cette boutique ouverte, déclare-t-il.

Il a fait un petit sondage parmi les voisins, pour découvrir que nul n'a jamais vu personne entrer ou sortir de cette boutique. Et soudain, il est vrai, cela me sembla étrange : en plus de dix ans, je n'avais, moi non plus, jamais vu personne dans cette boutique. Je m'étais jusqu'alors contentée de noter l'étrangeté des icônes religieuses, des bibles et du Jésus juste à côté d'un salon de massage plus que louche (où je n'ai, d'ailleurs, jamais vu d'autre signe de vie que le panneau « ouvert » dans la porte). Philippe m'expliqua qu'il avait parcouru ce bout de rue plusieurs fois, à plusieurs heures du jour et de la nuit, et que jamais il n'avait noté de présence humaine. « Seulement des "signes" de la présence humaine », déclara-t-il. Le courrier ramassé. Une chaise déplacée. La page de la bible tournée. Mais pas âme qui vive. Les vitrines restent sales d'une manière égale, jamais plus, jamais moins, la neige ne s'accumule pas, ni les publicités. Mais la boutique, si c'en est une, n'ouvre semble-t-il jamais.

Je ne savais trop pourquoi cette boutique lui importait tant, mais j'essayai de trouver des raisons pour son apparente immobilité. Peut-être n'était-elle qu'un paravent pour les activités criminelles d'une mafia ou d'un gang de rue. Peut-être son propriétaire était-il décédé sans que ses héritiers sachent quoi faire du commerce familial, ou sans qu'ils souhaitent s'empêtrer dans la poursuite de l'affaire ou sa vente. Peut-être Philippe avait-il été simplement malchanceux et manqué les quelques moments où la boutique était ouverte. Je me doutais qu'il n'accepterait pas cette raison : il ne serait pas venu chez moi m'annoncer le vide de la boutique s'il n'avait pas passé suffisamment de temps à l'observer. Je commençais à m'inquiéter de cette obsession mais espérais contre toute attente qu'il y avait là, pour Philippe, matière à histoire. Pour en avoir le cœur net, il fut décidé que la meilleure stratégie consisterait à observer la boutique avant et après les messes de l'église du coin.

Un dimanche, un café dans la main (moi, dans une tasse thermos, lui, dans une tasse de porcelaine qui déclarait sans ambages «je déteste le matin»), nous nous postâmes devant la boutique. Pour voir ce qui se passerait, et aussi parce que, bien honnêtement, je commençais à avoir envie que Philippe passe à autre chose. Je me disais que cette boutique ne pouvait faire autrement que d'ouvrir pour accueillir la clientèle de la messe.

Rien. Personne. Je rigolais un peu, m'imaginant que c'était un repaire de gangsters, le quartier général d'une agence de prostituées de luxe, ou encore un lieu que nous nous étions imaginé à force de boire trop de bière.

Mais Philippe ne riait pas. Pas du tout. J'ai espéré qu'il finirait par passer à autre chose. Je lui ai dit qu'il y avait sûrement une bonne raison. Nous sommes rentrés chacun chez soi. Et je n'ai pas vu Philippe pendant trois semaines.

Puis, un mercredi soir bien tranquille, je suis passée chez lui. Du palier du deuxième étage, pendant que j'attendais qu'il réponde à la porte, je l'ai entendu. Il chantait, à tue-tête, et sa voix était devenue rauque de fatigue. Il n'ouvrit pas la porte, ne cessa même pas de chanter lorsque je sonnai à nouveau. Je rentrai chez moi, me disant qu'il voulait être seul et qu'on se parlerait le lendemain. Mais il ne répondit pas au téléphone le lendemain, et il n'y avait pas signe de lui lorsque je passai en revenant du travail.

C'était il y a trois mois. Juste avant la première neige. J'aurais dû comprendre. M'inquiéter. Mais c'était Philippe, Philippe aux lubies, Philippe et son cimetière.

L'hiver a été long. Plusieurs tempêtes ont empilé la neige, et contrairement aux hivers qui sont devenus la norme, il n'a pas plu. Du 3 janvier au 17 mars, il a fait froid, d'une manière constante. Je n'ai pas vu Philippe. C'était l'hiver, de toute façon, il était occupé à «penser». Il n'a pas répondu à mes messages, mais ce n'était pas non plus la première fois qu'il disparaissait pendant l'hiver. Et puis j'ai espéré, un peu égoïstement, qu'il avait enfin mis ses menaces à exécution et quitté le pays pour la période hivernale, afin de visiter les châteaux de la Costa del Sol, comme il se le promettait chaque année.

Le 18 mars, avec autant de conviction qu'elle en avait mis à tomber, la neige a fondu. Il n'y a pas eu de tempête d'avril. Il a fait chaud, ou à tout le moins tiède, jusqu'à ce qu'il n'y ait plus de neige sauf dans les recoins à l'ombre, entre les immeubles, dans le fond des ruelles, sous les arbres. La poussière s'est levée. Elle a enveloppé la ville, créant un tourbillon autour des marcheurs. Ils sont passés à tour de rôle devant ce terrain vague, ancien stationnement, juste avant la série d'hôtels qui peuplent un coin de la rue Sherbrooke, à l'ouest de Saint-Laurent. Je ne viens que rarement ici maintenant, je n'aime pas les trous laissés entre les gratte-ciel, le vent s'y engouffre et m'étouffe.

C'est là, au milieu du stationnement, alors que des travailleurs profitaient du dégel pour commencer à creuser le sol pour les fondations de nouveaux condos qui logeraient de nouveaux professionnels à la recherche du luxe et du rythme du centre-ville, c'est là qu'on a trouvé Philippe. Le corps recouvert de vieux journaux, les restes d'un repas près de lui, et une de ses mains semblant retenir le poteau d'un panneau annonçant le stationnement. Et sur le panneau, ces mots: *Young Nate, Old Joan*, en peinture verte. J'ignore ce qu'il faisait là, si loin de notre quartier. J'ignore comment il s'est retrouvé à l'ombre de ce panneau, et quel rôle il a joué dans son imaginaire. Ne pas savoir pourquoi me hante. J'aurais compris, dans un cimetière. Ou devant la boutique vide. Mais sous ces quelques mots, dans un stationnement, entre deux blocs de béton, à quelques pas à peine des passants se rendant au centre-ville ou à l'université McGill, je ne comprends pas.

Dans ses papiers, lorsque nous avons vidé son appartement, j'ai trouvé ses manuscrits. Il écrivait. Et j'ai aussi trouvé un relevé de ses « missions » d'observation de la fameuse boutique. Il l'a observée pendant deux mois, sans noter le moindre changement. La dernière semaine, il a campé devant la boutique jour et nuit. Et n'a vu personne. Dans son cahier, il note : « Encore une fois, j'ai dû passer à côté. Peut-être n'aurais-je pas dû quitter mon poste pour quelques minutes. Cette boutique est comme la poussière de la ville : elle est toujours là, malgré les efforts des cols bleus, et elle finit par rendre tout le monde fou. Peut-être est-elle à l'image de ma vie. Rien ne se passe, sauf lorsque personne ne regarde. Rien ne change, sauf trop tard. »

Ses parents ont choisi le petit cimetière du village pour l'enterrer. Au printemps, parfois, une partie du cimetière est menacée par la crue de la rivière. Nous avons tous tenté d'expliquer aux parents de Philippe où il souhaitait être enterré, et pourquoi. Mais ils n'ont pas voulu. N'ont pas compris le désir d'ordre de leur fils. Philippe n'aimerait pas ce vieux cimetière. Les stèles n'obéissent à aucune logique, et celles qui sont le plus près de la rivière tanguent dangereusement. Alors je choisis de l'imaginer dans ce cimetière de Ville Saint-Laurent, où les rues ont une fin, où la mousse envahit les plaques, et où il fait bon jogger. C'est toujours mieux que de le revoir au pied du panneau.

La soupe aux quenouilles

-I-

Avant aujourd'hui, je n'avais jamais vu le visage de la mort. Jamais prononcé les mots d'adieu. Jamais regardé un corps en me disant qu'il disparaîtrait, que je ne le toucherais plus. La mort n'avait été qu'un cercueil, parfois ouvert, parfois fermé, l'impression étrange de quelqu'un que j'aurais connu il y a très longtemps.

Que dit-on à quelqu'un qui va mourir ? Elle avait les yeux ouverts mais le regard vide, comme si elle voyait au-delà de moi. Son visage était ravagé par les tentatives de réanimation. De temps à autre, sa respiration s'espaçait. La main sur son front, je guettais la mort, ne sachant pas trop si je devais la craindre ou la souhaiter.

Le petit espace qui lui avait été assigné était étrangement silencieux. On n'y entendait que le bruit des machines, le claquement du respirateur. Même les mouvements de l'unité des soins intensifs ne semblaient pas pouvoir se rendre jusqu'à nous, comme si l'avancée de la mort avait créé un sas qui empêchait le monde extérieur de nous atteindre.

J'avais oublié qu'elle allait mourir. J'aurais dû m'en rappeler. J'aurais été moins surprise, mieux préparée. J'aurais su quoi lui dire. Je ne pouvais pas prétendre qu'elle allait s'en sortir. Il était trop tard pour cela, au moins dix ans trop tard. Depuis le début, nous riions d'eux, ces médecins au visage compassé qui lui annonçaient l'issue chaque fois plus définitive, l'échéance toujours plus proche. Depuis le début, elle jouait à les contredire. Ils avaient dit six mois, il y a dix ans, alors pourquoi cette fois aurait-elle été différente? Mais elle ne riait pas. Ne résistait pas. Plus maintenant. Ils avaient gagné. La mort l'avait rattrapée, et moi avec elle.

Elle leva la main. Je ne sais pas si ce n'était qu'un réflexe. Je cherchai dans ses yeux la trace de sa présence, mais il n'y avait que ce vide qui m'aspirait. Alors, une main sur son front, je lui ai murmuré une berceuse, des mots pour l'aider à dormir. Et il m'a semblé que son corps s'apaisait, un moment du moins, et qu'elle dormait, peut-être, qu'elle se reposait un instant avant de recommencer à se battre pour respirer.

Debout à son chevet, j'ai su que je ne lui parlerais plus jamais.

Elle est morte. Son visage est paisible. J'ai peine à reconnaître son corps abandonné sur les draps d'un faux vert. Il est trop étale, trop immobile. Je ne l'ai jamais vue ainsi, aussi silencieuse, comme si elle écoutait quelque chose.

-II-

J'attends. Il pleut et j'attends, sous une fine bruine, traître, presque malhonnête. J'attends midi. À quoi bon un parapluie, me suis-je dit ce matin en quittant l'hôtel. C'est le mois d'août, en août, il fait chaud à Vienne. Trois heures plus tard, trempée par un nuage de gouttelettes en suspension, traversée par l'humidité de cette fausse journée d'été, je grelotte.

J'attends midi. Depuis sa mort, j'attends. J'attends de ne plus entendre le respirateur ralentir puis s'arrêter. J'attends de partir, de ne plus être là. De perdre ce désir de rester au milieu de nulle part. J'attends octobre à Vienne parce qu'alors les touristes l'auront fuie et je serai vraiment seule, sans ce risque constant qu'une vieille personne ne m'accoste au musée pour que je lui explique en français comment se rendre sur le Ring. Je n'ai rien contre les vieilles personnes, mais j'aime mon anonymat, j'aime ne rien comprendre de ce qui se dit autour de moi, je veux cette solitude du nulle part et de la langue étrangère, je veux me perdre ici dans la masse de tous ceux qui doivent travailler et vivre et aller chercher les enfants à la garderie.

J'avais huit ans quand j'ai remarqué pour la première fois la différence. Le silence qui entourait les vacances d'été ne ressemblait en rien à ce qui se passait autour de moi. Dès le printemps, parfois même avant la fin de l'hiver, mes amis savaient où ils passeraient leurs vacances avec leurs parents. Ils comparaient, enviaient la chance qui conduirait un tel à la montagne et l'autre à la plage.

Chez nous, c'était différent. Le printemps arrivait, puis l'été, parfois même le mois d'août, et nous ne savions pas encore où nous allions, ni même si nous partirions. Au moment où le mystère achevait notre patience et où nous commencions à penser que la piscine municipale serait notre seul périple pour l'été, le chien était envoyé en pension et nous nous retrouvions un matin, mes frères et moi, encore ensommeillés, entassés à l'arrière de la voiture, en route vers une destination que nous découvririons une fois arrivés, parce que le plus beau du voyage, c'était cette paix de la route.

J'ai seulement voulu quitter la ville. Voilà tout. Rien de mal à ça, rien de bien difficile à comprendre. Pour une fois, pour la première fois depuis des mois, des années, je voulais aller où personne ne me connaissait et être oubliée. J'ai choisi d'aller là où je ne comprendrais rien, ni les sons dans les rues, ni les mots sur les panneaux de signalisation. Aux amis qui offraient de faire un bout de chemin avec moi, j'ai menti, brouillant délibérément les pistes. Je voulais être nulle part, donner au mot vacance son plein sens : un vide entre deux espaces. C'était tout. Pas de tristesse, pas d'amertume, pas même d'ennui. Juste une vacance. J'aurais pu prendre un vol direct pour Vienne, mais j'avais envie de ce temps de repos, de vide, justement, que m'offrirait le long voyage en train.

Mais il a fallu qu'après tant d'heures en avion et en train, alors que j'étais proche du but, de ce nulle part où plus personne ne pourrait me rejoindre, cet homme choisisse de s'installer avec son complet bien coupé à côté de moi. Au moins, il ne voulait pas me débiter toute sa vie. « Au moins, me suis-je dit, rassurée, il ne me regarde pas d'un air narquois, ou encore avec une ombre de désir dans le regard. Il m'ignore, et c'est tout ce que je veux.» Je me suis endormie. Lui aussi, du moins je le crois.

Un immense chêne habitait ma fenêtre sans rideau. Le soir, ses branches faisaient des ombres sur mon lit. J'aimais m'endormir en jouant avec elles. Elles me rassuraient.

J'habitais une petite rue où je pouvais reconnaître les voitures au son qu'elles faisaient. Lorsque le voisin de gauche rentrait chez lui, il écrasait, jour après jour, l'un ou l'autre des jouets des enfants, et ça faisait un bruit de plastique froissé, comme s'il cassait des noix. À la maison, on se demandait en souriant si le bruit serait le même lorsqu'il écraserait l'un de ses dix enfants.

Le voisin de droite avait un diesel poussif qu'il ne sortait que lorsqu'il voulait aller boire. Il devait le faire rouler longtemps avant de pouvoir partir. Quand il partait. Un autre voisin cachait son ventre et sa prostate usée derrière une voiture sport que le policier du coin s'amusait à intercepter pour n'importe quelle raison.

C'était apaisant que mon monde soit ainsi délimité par le cadre d'une fenêtre et le bruit de quelques voitures. J'y faisais entrer tout ce que j'entendais, du plus petit craquement aux ronflements de mes frères, en passant par les jappements du chien qui n'aimait pas, contrairement à moi, les ombres sur les murs et les voitures dans la nuit. Chaque frémissement correspondait à un moment de cette histoire que je réécrivais chaque soir avant de m'endormir, entre les branches du chêne et le passage des voitures.

Mon histoire manquait désespérément de rebondissements, parfaitement étale, sans aucune aspérité. J'avais peur de tout, alors je n'allais quand même pas en rajouter en imaginant des fantômes sous mon lit. Il y en avait déjà, des fantômes, des vrais, je les entendais tous les soirs crier, claquer des portes, démarrer en trombe.

Pour ne pas les entendre, je me racontais les moments calmes de ma journée. Un chapitre : il était une fois une journée ordinaire, avec du monde ordinaire, et des macaroni. Rien d'autre. Cela m'aidait à ne pas écouter les voix qui montaient du salon. Mes parents « discutaient ». Discuter, c'était le mot poli pour désigner tout ce qui se passe lorsque les enfants sont couchés. Je ne comprenais pas comment ils pouvaient discuter aussi souvent sans que rien ne semble jamais changer. Chaque soir, les mêmes rancunes, les mêmes sources d'exaspération, modulées selon une règle jamais remise en question mais qui faisait en sorte qu'elles étaient énoncées sur un ton plus ou moins strident, en claquant plus ou moins de portes. Comprendre la logique de cette loi me prenait beaucoup de temps et, inévitablement, tous mes efforts s'avéraient voués à l'échec. Que mes frères et moi ayons été sages ou non, qu'il y ait eu dans le courrier comptes à payer ou chèques, que la journée de travail se soit couronnée par une immense réussite ou par un échec n'importait pas. Peut-être s'ennuyaient-ils tellement dans leur petite vie bien rodée que rien ne pouvait les satisfaire. Inévitablement, cela finissait par le bruit de la porte de garage qui s'ouvrait sur la voiture qui, elle, ne manquait pas de faire crisser chacune des petites roches de l'entrée en partant très vite. Peu importe qui partait avec la voiture : le même bruit, le même silence soudain dans la maison, comme si nous retenions notre souffle avant qu'elle ne s'effondre.

Quand les voix s'étaient calmées et que la voiture était partie, je me retenais pour ne pas dormir tout de suite. Celui qui restait montait lourdement l'escalier puis refermait la porte de la chambre délicatement. Comme si nous pouvions vraiment dormir avec tout ce boucan. J'attendais l'épilogue. Car il fallait que quelqu'un revienne. Alors, celui qui avait fait rugir la voiture, trop en colère pour rester, ou simplement incapable de déroger à la routine quotidienne des discussions en restant tranquillement assis au salon, celui-là revenait, silencieusement – la voiture dans le garage et les clés sur le comptoir, les pas lents dans l'escalier et la porte qui s'ouvre doucement –, et alors c'était la réconciliation, à grands coups de gémissements et de craquements. Parce qu'il n'y avait là rien de doux et de tendre. Je devinais quelque chose de bestial, même si je ne savais pas trop de quoi il retournait. Je savais seulement que cela n'était pas une vraie réconciliation mais bien la deuxième ronde de leur discussion.

Après, seulement après, je pouvais dormir. J'aurais pu essayer de fermer les yeux entre la première et la deuxième ronde, mais alors ils m'auraient réveillée, ce qui était pire puisqu'il m'aurait fallu réinventer toute l'histoire depuis le début et, à moitié endormie, je n'accueillais pas avec autant de sérénité le mouvement des branches dans ma fenêtre. Il valait mieux attendre qu'ils aient vraiment fini. Après tant d'années, j'avais compris comment faire pour ne plus être effrayée par les fantômes.

Chaque soir, je réinventais ainsi la plus belle de toutes les histoires, et le point culminant était l'attente : un jour, ils partiraient tous les deux en voiture. Il y aurait les mêmes bruits, le même silence. J'attendrais longtemps, puis je me réveillerais et je comprendrais : ils ne reviendraient plus.

Mais mes fantômes, ceux qui faisaient l'épicerie, m'aidaient pour mes devoirs, ceux qui jouaient à se réconcilier aussi violemment qu'ils s'étaient menacés, ceux-là n'ont rien à voir avec ma décision soudaine de partir. Peut-être est-ce la faute de l'apaisement des longues heures en voiture. Ou encore celle de la soupe aux quenouilles. Mais personne ne s'en souvient.

Je ne me suis pas réveillée au moment où nous passions la frontière. Ni lorsque le train s'est arrêté, peu de temps après, pour permettre à des Allemands de monter à bord. Ce n'est qu'après, lorsque le soleil a commencé à se lever et m'a éblouie, que j'ai ouvert les yeux. Des montagnes. On approchait. J'ai regardé le type à côté de moi. Il ne bougeait pas. Il dort, voilà tout.

Ce n'est pas une grande histoire. Des enfants, dehors, assis autour d'une grande chaudière blanche pleine de quenouilles. Ils attendent la pluie. Rien de particulier, ni de drôle, ni de tragique.

Il a bel et bien plu. Un orage d'été. Les enfants ont dû rentrer, à cause des arbres, des fils électriques. La chaudière s'est remplie, comme il le fallait, et il ne restait plus qu'à remuer un peu pour que les quenouilles achèvent de se défaire en une soupe brunâtre. Cela a pris toute la journée des enfants et, à la fin de l'été, quand les idées manquent et qu'on commence malgré soi à jouer à l'école, la soupe aux quenouilles est bien utile pour passer le temps.

Peut-être suis-je la seule à me souvenir de cette histoire. Peut-être n'est-ce pas une raison suffisante pour partir à l'autre bout du monde. Mais j'ai oublié le nom des enfants. Ils se sont lentement effacés de ma vie, sans aucune rupture flamboyante ou abandon intolérable. Rien qui nécessite que je m'arrête pour les retrouver. Ce sont pourtant ces visages oubliés qui me troublent. Les échos de leurs voix.

Je suis partie parce que, certains soirs, j'avais l'impression d'être perdue au milieu de mon petit salon bleu, seule et perdue au milieu de gens dont les voix devenaient de plus en plus lointaines et indistinctes, murmure continu qui restait même lorsqu'il n'y avait plus personne. Même les cathédrales silencieuses de Bach ne réussissaient pas à faire taire ce bourdonnement. Les bars enfumés, le frémissement des voix mêlées aux basses sourdes, même cela n'y pouvait rien. Je n'entendais plus que la pluie martelant la chaudière blanche et les branches de quenouilles, le caoutchouc des pneus s'agrippant à la chaussée brûlante, le chêne grattant la fenêtre, l'orage ébouriffant les semaisons. Le claquement du respirateur.

Tout ce que j'ai voulu, c'est ne plus entendre. Qu'il ne reste qu'un grand silence en moi. Je voulais laisser ces restes du passé, tous, sur une route. Me retourner, interrompre un moment ma marche et les apercevoir là, s'évanouissant devant mes yeux, disparaissant dans le bitume ou le gravillon. Les voir me quitter et être enfin seule, vraiment seule, légère, libre de commencer à vivre.

- III -

Juste avant l'arrivée à Salzbourg, pendant que je me débattais pour me rechausser, un murmure dans l'allée. Quelqu'un s'arrête à ma hauteur. Regarde l'homme. Délicatement, pose une main sur son visage, sur sa poitrine. Aucune réaction. Le contrôleur marche vers nous. « On est arrivé ? » je lui demande. Silence. Peut-être qu'il ne me comprend pas. J'ai montré mon billet, la destination. Il a posé sur moi un regard intrigué, inquiet, presque effrayé. Puis, dans un français plus qu'approximatif : « Madame, vous connaître monsieur ? » « Non, je ne connais personne. » « Vous certaine pas le connaître ? » « Oui. » « Même pas son nom, ni d'où il vient ? » « Non, pourquoi ? » « Il est mort, madame. »

À côté de moi, il y avait la mort. Elle n'avait longtemps été qu'une ombre lointaine, le sujet de plaisanteries et de remarques idiotes et embarrassées. Puis, elle avait pris le visage de quelqu'un qui, pourtant, semblait ne jamais pouvoir disparaître. Et voilà qu'en la fuyant je la retrouvais là, dans le silence de cet homme que je ne connaissais pas et qui ne bougeait pas, affalé à côté de moi.

Il a fallu que je sois assise à côté de cet homme. Que jamais je ne pose mon regard sur lui. Et cela a fait de moi quelqu'un d'absolument suspect. Qui, lors d'un long trajet en train, ne pose jamais le regard sur la personne qui respire à côté ? J'ai eu envie de leur répondre que, justement, il ne respirait pas. Et puis, si je l'avais regardé, lui, cet homme sans visage, qu'aurais-je vu ? Son corps assis inconfortablement dans ce train montrait-il qu'il allait mourir ? Aurais-je compris qu'il allait tout simplement cesser de respirer quelques heures plus tard ?

Sauf que je ne l'ai pas regardé. Parce que je n'entendais plus rien, plus de bourdonnement, rien, et que je dormais enfin bien. Je ne pouvais rien leur dire de cet homme, parce que j'avais choisi de l'ignorer. J'étais partie pour ne plus entendre, pour ne plus voir l'approche de la mort. Je n'avais pas fait tout ce voyage, après sa mort à elle, pour chercher à la revoir sur le visage d'un inconnu. Je suis sortie du train, ai attrapé mon sac, et me suis mise à marcher sur le quai.

Au début, lorsque nous étions encore inquiètes, avant que le temps ne nous apprenne à ignorer la menace qui pesait sur elle, nous avions parlé, presque théoriquement, du respirateur. Nous avions probablement dit ce que chaque personne dit dans ces circonstances : jamais elle ne consentirait à cela, cette mort différée par un appareil.

Après, je me souviens de m'être rendu compte que nous n'en parlions plus. La mort s'éloignait, même si ses signes étaient là.

J'ai failli oublier la promesse que je lui avais faite. J'ai failli consentir à prolonger encore un peu notre attente de sa mort, juste un peu, pour m'habituer à son absence. Quelques heures, je me suis mise à croire à la possibilité d'un soudain revirement. Mais sa main s'est levée vers moi et ses yeux ne répondaient plus.

L'aveugle et les courtisanes

Le matin du 24 octobre 2006, Jean Côté sut, en ouvrant les yeux, que quelque chose n'allait pas. Pourtant, il ne s'éveilla ni en retard, ni en avance. Il n'avait pas non plus passé une mauvaise nuit, dormant du sommeil du juste pendant exactement huit heures. En ouvrant les rideaux, il découvrit qu'il ne pleuvait pas. Ce serait une belle journée d'automne, un peu fraîche, ni l'été des Indiens, ni novembre et ses journées cimetière. Ce 24 octobre serait, en somme, le genre de journée qui ne susciterait aucune réaction ni commentaire sur la météo en dehors du classique « il fait beau ».

Pourtant, alors même qu'il repoussait les couvertures et posait les pieds sur le petit tapis tressé qui se trouvait devant son lit, Jean ne put s'empêcher de soupirer. À Léonie qui, se tournant vers lui, grommelait : « Quoi ? », Jean répondit : « Rien, rendors-toi. » Mais il savait que ce n'était pas rien. Quelque chose, aujourd'hui, allait chavirer. Tandis qu'il s'engageait dans son rituel matinal avec l'élan du condamné à mort, Jean s'interrogea intérieurement, passant en revue ce qui risquait de lui arriver. Il espéra sans grande conviction que la grande aventure de la journée serait cette coupure qu'il s'infligea dès le premier coup de rasoir.

Ce n'était pas la première fois que Jean éprouvait cette certitude prémonitoire. La première fois, il avait huit ans. Ce matin-là, il avait déclaré à sa mère que quelque chose allait se produire. Sa mère le regarda et répondit: « Oui, si tu ne finis pas ton déjeuner dans les dix prochaines minutes, tu vas manquer l'autobus. » Jean et sa mère, dans un beau mouvement d'ensemble, haussèrent les épaules, elle parce que son fils cadet lui prouvait une fois de plus son étrangeté, lui parce que sa mère ne comprenait vraiment rien à rien. Douze heures plus tard, à 19 h 17, le chat et le poisson de la famille mouraient à l'unisson lorsque le matou tenta d'avaler le poisson. Ce fut, entre Jean Côté et sa mère, la dernière journée d'insouciance. Croyant, à tort, que son fils insomniaque avait des tendances psychopathes, suicidaires ou cruelles, et convaincue que Jean avait prémédité la mort du chat et du poisson, Jeannine se mit à craindre les déclarations de son fils. Selon elle, expliqua-t-elle au psychologue de l'école, Jean voulait attirer l'attention et lui donnait chaque fois une journée entière pour qu'elle lui prouve son amour. Ni elle ni Jean ne crurent l'explication du psychologue, un brave homme qui répéta à plusieurs reprises qu'il ne s'agissait là que de hasards. « Synchronisme », avait-il dit.

Il faut dire que les « hasards » se produisirent avec une régularité déconcertante. Non pas tous les ans, ni tous les ans le même jour, mais plutôt chaque fois que Jean, dans les premiers moments d'une journée, déclarait en soupirant que « quelque chose allait arriver ». Handicapé par ses prémonitions, Jean tenta pendant un moment de ne pas dormir, simplement pour ne pas avoir à s'éveiller avec cette certitude. Peine perdue. Il laissa tomber l'insomnie volontaire le 13 août 1997, lorsque sa mère fut happée sur une piste cyclable par un autobus.

En ce 24 octobre, Jean regarde, l'esprit ailleurs, la goutte de sang unique qui descend lentement dans le lavabo de la salle de bains. Il passe en revue les possibilités, même s'il sait qu'il n'a aucun moyen de prévoir ou de savoir la nature de la catastrophe attendue. Léonie s'éveille lentement, elle fait des bruits de chat au soleil. Tourné vers elle, Jean espère qu'elle ne le laissera pas aujourd'hui, après six ans. Mais ils vont bien, il lui semble, et parlent famille et maison avec autant d'enthousiasme l'un que l'autre. Ce ne peut donc pas être cela. À moins qu'elle n'ait un accident. Il voudrait lui dire de rester à la maison, de ne pas prendre son vélo, ni l'auto, ni l'autobus, ni le métro. Bref, de ne pas bouger en attendant que la journée finisse. Mais cela ne donnerait rien.

Au travail, oui, c'est sûrement au travail que cela se passera. Depuis quelques semaines, il lui semble que Patrick, son patron, le regarde un peu de travers. Peut-être parce que Jean ne lui a toujours pas remis le rapport dû pour le 5 septembre. Mais le rapport est presque fini et Jean est convaincu que la qualité du travail excusera son retard.

Bien sûr, le plus souvent, les catastrophes furent des décès : les animaux de la famille, même si après le poisson et le chat, sa mère eut beaucoup de difficulté à accepter quelque ajout que ce soit à leur famille. Des amis, morts dans des accidents de voiture. Paul, son oncle, décédé lorsque le petit avion bimoteur qu'il s'était offert pour son quarantième anniversaire percuta une tour de communication. Aujourd'hui toutefois, à tout prendre, entre la mort de son père, retraité et pêcheur passionné, et la perte de son emploi, Jean choisirait la perte de son emploi.

Il noue sa cravate et avale une rôtie et un peu de café pendant que Léonie chantonne sous la douche. Elle doit sûrement en être à se laver les cheveux, puisque le chantonnement ressemble à un gargouillis mouillé. Il aime ce son-là, celui de la douche sur elle. Il lui vient l'idée de s'introduire dans la douche, de l'y surprendre. S'avançant vers la salle de bains, il s'arrête un moment pour réfléchir aux implications : il sera en retard pour le travail, ce qui n'aidera pas sa situation si Patrick a effectivement l'impression d'avoir attendu trop longtemps son rapport. Mais il hausse les épaules, car vraiment, au bout du compte, il préfère perdre son emploi. Sauf qu'il a pensé trop longtemps et, au moment où il s'approche de la baignoire, sa main rencontre celle de Léonie qui déplace le rideau de douche pour attraper sa serviette.

Jean Côté, plus défaitiste que jamais, rebrousse chemin pendant que la vapeur d'eau envahit un peu le corridor. Il lance un « à plus tard » à Léonie qui l'attrape et lui répond qu'il est un peu tôt pour avoir une voix de fin du monde. Elle sourit, nue devant lui, dégouttant sur le tapis rouge carreauté. Il passe sa main sur ses mamelons et lui murmure à l'oreille : « Ce soir, Léonie, attends à ce soir. » Elle frémit, l'embrasse et tente de le retenir. Mais il doit partir, il le sait. Lui donnant un dernier baiser, il attrape son sac et son manteau et la regarde entrer dans leur chambre pendant qu'il ouvre la porte de l'escalier intérieur. Ce qu'elle est belle ainsi…

Dehors, la journée le surprend. Un juste équilibre de bleu et de nuages à travers le ciel, une température ni trop chaude ni trop froide. À peine un reste de brouillard matinal. Il attend l'autobus, comme tous les matins, en compagnie des mêmes cerveaux embrouillés qui font semblant de ne pas se reconnaître jour après jour depuis plusieurs années.

Il a de la chance, il reste une place au fond de l'autobus, près d'une fenêtre. Jean est assis au-dessus du moteur, il en sent les vibrations. Il est trop loin pour que les femmes, enfants, vieillards et handicapés (non, personnes à mobilité réduite) se rendent jusqu'à lui. Jean sent la tension se relâcher un peu et il tourne son regard vers la ville. Le stade, au loin, que les dix personnes qui se tiennent exactement dans son champ de vision lui laissent à peine deviner. De l'autre côté, il pourra peut-être voir la Ronde dans deux ou trois minutes.

Chaque fois qu'il peut s'asseoir dans l'autobus, Jean observe les gens qui, debout, tentent de ne pas perdre pied. Car ce fameux autobus à plancher bas, censé révolutionner le transport urbain, provoque chaque jour des chutes et des blessures, sans compter les nombreux muscles étirés. Jean est convaincu que tous les passagers ont, comme lui, le sentiment fou après chaque trajet d'avoir survécu à un voyage périlleux, et le désir encore plus cinglé d'embrasser le sol enfin retrouvé. Cela ne peut faire autrement que de provoquer chez Jean des petits sourires et des pensées cyniques chaque fois qu'il voit le pape embrasser le sol.

À côté de Jean, une jeune femme combat les mouvements de l'autobus. Elle est empêtrée par un sac qui contient sûrement un ordinateur, à en juger par le poids, et elle tente tant bien que mal de s'agripper aux ganses tout en maintenant sa tasse de café relativement droite. Il voudrait la féliciter, l'encourager, la traiter comme ces sportifs qui courent le marathon. Mais quelque chose dans le visage de la femme lui dit que son humour n'est pas encore réveillé.

L'autobus s'arrête un instant un peu long. Peut-être le chauffeur a-t-il l'impression d'être en avance. Peut-être est-ce seulement que la lumière est rouge. Jean ne sait trop, mais il sent la grogne dans l'autobus. La jeune femme, qu'il décide de baptiser Édith, grommelle: « Je ne peux pas être en retard ce matin. » « Moi non plus. » Et cette simple phrase lui rappelle son inquiétude du matin.

Après la Ronde et les dunes de sable apportées près du fleuve en prévision des chaussées glacées de l'hiver, l'autobus s'apprête à tourner. Jean prévient le coup, il sait que, même s'il est assis, l'absence de délicatesse dans la conduite de l'autobus risque de précipiter tous ses occupants les uns contre les autres.

Un étrange sentiment envahit Jean. La peur, peut-être. La certitude (du cynisme ou de l'anxiété, dirait

Léonie) que ce qui doit arriver approche. Au coin des rues Sainte-Catherine et Frontenac, il voit un aveugle entrer avec son chien au restaurant « super sexy » Les Courtisanes. Jean voudrait sourire devant l'incongruité de la situation, s'interroger sur les avantages pour un aveugle de se faire servir ses œufs au miroir par des femmes aux seins nus. Mais cette crainte sans nom qui l'envahit depuis le matin lui laisse de moins en moins d'espace pour respirer.

Jean n'a jamais été superstitieux. Enfin, presque. Il l'est devenu à force de voir chaque fois ses pires prémonitions se réaliser. Si au moins elles étaient assez précises pour lui permettre de faire changer le cours des choses. S'il avait su, par exemple, que sa mère serait heurtée sur la piste cyclable, il lui aurait dit de prendre l'autobus ce matin-là. Elle aurait haussé les épaules, mais habituée de craindre son fils, elle l'aurait fait. Quelqu'un d'autre aurait été heurté par l'autobus, et sa mère n'aurait eu que quelques égratignures, à supposer qu'elle ait été dans le même autobus. Mais ces foutus pressentiments qui l'assaillent depuis ses huit ans n'ont pas la décence d'être précis. Tout juste le préviennent-ils d'être prêt pour l'effondrement de son monde.

Plusieurs fois, il a voulu devenir sourd à ses prémonitions. Après que ses expérimentations avec l'insomnie se sont révélées aussi inefficaces que dangereuses, Jean a essayé la drogue. Sans véritable succès, puisque malgré la brume qu'il installait sur sa vie, il continuait à anticiper les mêmes « mauvaises » journées, selon l'euphémisme inventé par ses parents pour tenir les membres de la famille et les amis loin de chez eux pendant ces journées maudites où il n'y avait rien d'autre à faire que d'attendre que le ciel leur tombe sur la tête. La thérapie s'est elle aussi révélée pitoyablement inutile, en plus d'être très coûteuse : pendant trois ans, son thérapeute, un freudien du nom de François Leclerc, tenta de lui faire perdre les idées de « toute-puissance » et les « angoisses de l'anticipation » qui handicapaient la vie de Jean. Sans succès, est-il besoin de le dire. À tout juste 41 ans, Jean Côté sait qu'il ne peut rien faire contre ces journées, ni les éliminer ni en contrer les effets.

Devant lui, la masse de voyageurs titubant s'est encore compactée, à mesure que les portes de l'autobus se sont ouvertes pour laisser entrer davantage de corps à moitié endormis, engoncés dans leurs manteaux, coincés entre les sacs, les tasses à café et les journaux que, malgré les mouvements chaotiques de l'autobus, certains persistent à tenter de lire. Chaque matin, Jean se dit en les regardant, ces irréductibles du journal et du sudoku, qu'ils ont pour les effets de l'autobus le même dédain que les colonisateurs pour les pays chauds, où ils continuaient à porter perruques et corsets.

En ce 24 octobre, Jean ne se rendra pas au travail. Il serait presque normal de croire, en ces temps troublés, apocalyptiques, disent les Témoins de Jéhovah qui l'accueillent tous les soirs lorsqu'il se dirige vers le métro, qu'une bombe dans l'autobus viendra modifier le cours de sa vie. Il pourrait même sembler intéressant de penser qu'un pneu crevé, par exemple, précipitera l'autobus et ses occupants contre la chaussée et qu'au moment où les corps et les récipients de café se heurteront, Jean Côté mourra, en même temps qu'une vingtaine de personnes.

Il pourrait aussi être rassurant de croire que ce qui se passera ce jour-là, ce sera que Jean décidera simplement de ne plus attendre que Patrick le vire et que, prenant les choses en main (enfin, dirait sûrement François Leclerc), il l'appellera du café Les Courtisanes pour lui dire que, franchement, il n'a aucune intention de lui remettre son rapport, ni de retourner au travail.

Mais Jean, alors qu'il se dirige vers la porte arrière de l'autobus finalement arrivé au métro Papineau, sait qu'il n'ira pas plus aux Courtisanes qu'il n'est mort dans un attentat terroriste il y a quelques minutes. Il attrape les deux journaux du métro, glisse sa carte de transport dans l'appareil et commence à feuilleter le journal en descendant lentement les marches de l'escalier roulant. Son horoscope déclare en termes sibyllins : « Aujourd'hui ne sera pas une excellente journée pour vous. Prenez votre mal en patience, tout devrait aller mieux demain. » Vraiment ?

Il n'a pas le cœur à tenter de remplir de petites cases avec des chiffres de un à neuf ce matin. Habituellement, c'est ainsi qu'il se réveille, mais ce matin, il glisse les journaux dans son sac noir, entre une bouteille d'eau, un roman qu'il n'a jamais le temps de lire et une pomme.

C'est alors que cela se produit. Pendant qu'il s'accroupit pour attacher sa chaussure, deux jeunes amoureux, se tiraillant gentiment sous les regards attendris ou indifférents des autres passagers, se prennent les pieds dans le sac de Jean et le bousculent un peu. Et, alors que le métro entre en trombe dans la station, Jean glisse lentement sur la voie.

Autour d'eux

Nous n'avons qu'une ressource avec la mort: faire de l'art avant elle.

René Char

Il arrivait, lors de foires ou de fêtes religieuses, pour célébrer récoltes et nouveaux communiants. Il installait son trépied, tendait un drap, disposait même parfois des meubles, faux décor de salon bourgeois. Y défilaient notables et paysans, dans leur costume du dimanche. Dans la solennité des corps et des regards figés par des habits empesés, ces personnages ordinaires apparaissaient plus grands qu'eux-mêmes, embellis par la pose empruntée à la peinture.

On n'était guère photographié: dans la petite enfance, puis pour la communion solennelle, brassard blanc et missel, parfois un portrait en écolier, puis une photographie de mariage et, finalement, un portrait de famille avec enfants et petits-enfants. De temps à autre, aussi, une image du défunt, assis ou étendu, le corps commençant à se raidir. Aussi voulaient-ils garder d'eux-mêmes une image pondérée, rarement gaie: peu de sourires sur ces images, comme si cela pouvait nuire à la mémoire.

Aujourd'hui, c'est tout le contraire: on amasse des cartons de photographies auxquelles on reproche de ne pas nous ressembler, de ne pas nous montrer sous notre vrai jour. Les photographies, fortes du cinéma, cherchent la spontanéité, l'instant. Aucun rituel, sauf peut-être justement de faire plus réel, plus-que-vrai. Être soi sans image (ou soi comme image) semble au-dessus de nos forces.

Je ne savais pas tout cela, quand cela a commencé. J'étais jeune. Innocente. Je croyais au pouvoir de Kodak. Aux sourires sur les photographies que je me persuadais sans histoire, sans secret. Je voulais croire que les carrés de papier révélaient tout, ne cachaient rien. Qu'ils me diraient toujours la vérité.

Autour de moi, maintenant, les photographies des disparus. Partout où se porte mon regard, le sourire d'un mort. Quelqu'un aurait dû me mettre en garde contre ces fantômes qui deviennent indécrottables. Quelqu'un aurait dû me dire, avant que je ne transforme mon salon en mémorial, que je ne pourrais plus faire autrement que d'être entourée de morts, et qu'ils se reproduiraient en plus, comme si, après le premier, il y avait eu un effet d'entraînement.

Il est vrai que j'ai toujours aimé les photographies, mais pas n'importe lesquelles : les portraits, préférablement de personnes que je n'ai pas connues et dont je peux à loisir inventer l'histoire. Ce goût pour les visages anonymes, je sais au moins d'où il vient, ou plutôt quand il a commencé : un portrait d'enfant trouvé dans un marché. Quelque chose d'apaisant se dégageait de ce petit bibelot inutile, un cadre contenant la photo d'un enfant inconnu. Au début, je me suis dit que j'utiliserais le cadre pour autre chose. Après tout, je ne connaissais pas cet enfant : impossible de savoir si l'enfant était une fille ou un garçon d'ailleurs, le bébé était vêtu d'une robe de baptême et ne portait aucune marque distinctive. La photo était vieille, un daguerréotype sur plaque métallique. Pour une raison étrange, l'enfant inconnu a semblé m'appeler, comme s'il me reconnaissait, me retrouvait après des années de séparation.

Je ne savais rien encore. Rien du photographe des premiers temps, rien des procédés photographiques. Je ne savais rien non plus de ces rituels catholiques, des robes de baptême, des bébés « sauvés des limbes » parfois quelques instants à peine après leur naissance. Je ne savais rien de ce qui allait se produire, j'étais complètement naïve.

Ce bibelot, rencontré par hasard alors que je n'avais que 13 ou 14 ans, je le traînais avec moi où que j'aille. S'il était doté de mémoire, il ne fait aucun doute qu'il raconterait les multiples voyages des dernières années, les contrées éloignées, les nouveaux horizons, les différences dans les moyens de transport, le confort de certaines couvertures et la rugosité des autres. Il dirait certainement, et un peu avec raison, qu'il a vu de première main chacun des endroits où il est allé, qu'il en a été, d'une certaine manière, l'explorateur, le pionnier.

Je n'ai eu de véritable famille que celle que je me suis constituée au fil des ans. J'ai quitté la maison si tôt, dès la première occasion, que je me considère souvent orpheline. Et puis ils sont loin, ou je suis loin, cela dépend du point de vue. Reste qu'à coups d'incompréhension mutuelle, de silence et d'éloignement, je me suis un jour retrouvée véritablement seule, et j'ai peut-être eu besoin d'une mère. C'est alors que j'ai rencontré Josée. Josée, aux bras grands comme l'univers, dont la maison sentait toujours le pain aux bananes même si elle n'en faisait que rarement.

J'avais 22 ans. C'était mon âge ingrat, qui avait commencé une dizaine d'années plus tôt et ne se terminerait qu'à 23 ou 24 ans. Je n'avais pas le sourire dégagé, l'élan et l'entrain de certains jeunes que je connaissais. J'étais triste, solitaire, et surtout douée d'un talent immense pour faire mes bagages : je squattais chez des amis, au gré de leur hospitalité, et savais reconnaître avant même les premières paroles (commençant toujours par : « Anna, faut qu'on se parle » ou « Anna, j't'aime beaucoup tu sais ») que le moment était venu de ranger mes quelques effets et mon daguerréotype. En cinq minutes, j'avais remis la clé à mes amis et recommençais à errer dans la ville.

De 18 à 23 ans, je n'eus pas d'adresse fixe. Je recevais mon courrier tantôt chez mes parents, tantôt chez tel ou tel ami qui m'avait accueillie un peu plus longtemps. Lorsque je devais donner une adresse pour remplir un formulaire d'emploi ou recevoir mes prêts et bourses, je prenais une grande inspiration et imaginais mon doigt se posant sur une carte du monde. Cela me donnait l'impression de vivre une vie de globe-trotter, et ce n'est qu'ainsi, par hasard, que je pouvais décider quelle adresse choisir et, inévitablement, je n'étais plus là lorsque le courrier en question arrivait.

Je ne sais trop ce que je fuyais. J'aurais voulu pouvoir l'expliquer à tous ceux qui, au fil des ans, tentèrent de comprendre pourquoi j'optais toujours pour l'itinérance. Mais je n'avais pas de raison vraiment tragique, de catastrophe ou de secret familial lourds à porter, rien en dehors de la certitude que je ne pouvais plus rester là où j'étais. Et je semblais toujours éprouver le besoin de partir en courant le lendemain d'une soirée où, regardant mes amis dans les yeux, je leur avais dit que chez eux, je me sentais chez moi.

Mais Josée ne fut pas comme les autres. J'avais 22 ans, Josée en avait 58. Peut-être que je cherchais une mère pour me rassurer, ou que Josée avait besoin d'une enfant à qui donner un trop-plein d'amour. Il reste que, dès les premiers instants chez Josée et malgré mes réserves, je me surpris à me détendre.

Josée m'installa une chambre, près de la cuisine. Deux fenêtres immenses donnaient sur le jardin. Le matin, parfois, je m'éveillais et, tournant les yeux vers la photo de l'enfant inconnu, j'entendais les oiseaux chanter et me demandais où était passée la ville.

Je disparaissais parfois pendant plusieurs jours, voire plusieurs semaines. Josée ne me posa jamais aucune question : elle me traita comme un chat de gouttière, m'accueillant avec de l'eau fraîche et une bonne soupe lorsque je rentrais et ne semblant même pas porter attention au fait que sa pensionnaire avait été absente. Lorsque je rentrais en utilisant ma clé, Josée me souriait et reprenait notre conversation où nous l'avions laissée.

Peut-être est-ce cette liberté qui me permit de m'installer davantage. Lentement, au fil des mois, mes fugues se firent de plus en plus rares. Un matin de novembre, quelques mois avant mon vingt-quatrième anniversaire, je regardai Josée et lui dis : « Tu sais, je crois que cela fait presque un an que je ne suis pas partie d'ici. » Josée, me tendant un bol de soupe et, fait étonnant, un morceau de pain aux bananes, me répondit : « Je sais. »

Normalement, je me serais levée et serais partie en courant. Mais la réponse calme de Josée me rassura, et je mangeai simplement sa soupe.

Avec Josée, nous courions les ventes de garage, les sous-sols d'église, les antiquaires. Je cherchais d'autres photographies pour accompagner le bébé inconnu. Au fil du temps, je vis apparaître ainsi quelque chose comme une famille autour de cet enfant, en même temps que, grâce à Josée, je me constituais ma propre famille.

Josée travaillait dans un centre communautaire et m'y fit entrer comme préposée à l'accueil. Ce n'était ni un bon ni un mauvais emploi. Mais les gens étaient sympathiques, accueillants, et surtout l'endroit était peuplé de fantômes. Entre les gamins courant et sautant, *péotes* au vent, pour toucher la *mezuza*, les visages parsemés de taches de rousseur d'autres enfants, les vieilles dames sortant de leur cours de natation, les vieillards discutant de la situation au Proche-Orient et les jeunes parents accompagnés de leurs bébés, j'apercevais sur les murs les portraits de groupe des différentes équipes sportives. Je passai des heures à regarder ces vieilles photographies. Sur ces visages d'hommes et de femmes aujourd'hui disparus, je crois que je tentais de retracer l'histoire en mouvement. Comment ne pas chercher dans ces photographies les impressions laissées par les événements : hommes et femmes, sportifs et administrateurs, bénévoles, donateurs, avaient tous en commun leur attachement au centre communautaire, et leur judaïcité. Scrutant les photographies prises au plus fort de la Seconde Guerre mondiale, je crus reconnaître l'inquiétude mais aussi autre chose chez certains, surtout les sportifs, le soulagement de ne pas y être, peut-être, dans ces contrées où on les aurait entassés dans des wagons pour mieux les éliminer.

Je ne pus bien sûr jamais confirmer avec certitude mes « observations ». Je savais seulement, en regardant ces portraits un peu jaunis, que le temps qui avait immédiatement suivi la guerre semblait plus inquiétant que la guerre en elle-même. Sur les visages de ces jeunes hommes aux traits athlétiques, se côtoyaient à la fois la force d'un corps en santé, et une certaine perte de naïveté ou d'innocence.

Bien sûr, bien sûr, je lisais dans ces photographies ce que je voulais y mettre, et surtout je les lisais en fonction du lieu. Car au fond, peut-être les airs graves des années 1945-1950 ne résultaient-ils que d'un mauvais photographe, ou d'une période creuse dans les accomplissements des sportifs. Il faudrait, me disais-je tard le soir, raconter l'histoire de ces visages, percer le mystère, dévoiler les secrets. Était-ce romantique ? Peut-être. Je voulais reconnaître dans leurs traits l'histoire de mon passé, recomposer, avec la photographie de l'enfant inconnu, ce qui aurait été ma propre histoire. Josée me disait d'écrire, mais je n'y arrivais pas.

Les choses se sont mises à déraper. Il me semble que cela a commencé simplement. Innocemment. Après la mort d'un ami dans un accident de voiture, j'ai eu besoin d'avoir son visage tout près de moi lorsque je m'asseyais à ma table. Damien avait perdu le contrôle de sa vieille Lada rouge un matin. Un accident ordinaire, comme il y en a tous les jours sur les routes du monde. Il fallait, pensai-je, blâmer la confiance de Damien dans sa voiture, cette certitude qu'il avait que rien ne pouvait lui arriver. Comme si cette minuscule cage de métal pouvait véritablement protéger quelqu'un ! Mais Damien n'était pas un mauvais conducteur, il ne prenait pas de risques inutiles. Ce jour-là, nul ne sait pourquoi, il tourna simplement un peu trop tard dans la dernière courbe avant sa demeure, effleura une voiture et échoua sur un arbre. Au moment de l'impact, la petite Lada s'enroula autour de l'arbre, à un point tel qu'elle semblait presque protéger Damien. Mais il n'eut aucune chance.

J'avais 26 ans, et la mort m'avait toujours soigneusement évitée. Le choc justifiait peut-être alors le recours à l'image comme accompagnement. J'installai Damien sur ma table de travail dans un discret cadre de bois.

Après Damien, je tentai de retrouver mon innocence, cette certitude que j'avais jusqu'alors que rien ne pouvait m'arriver. Mais la peur grandissait. Car je ne pouvais m'empêcher de me dire que Damien n'était que le premier d'une longue suite de décès. Ce n'était pas de la superstition, ni même une peur irraisonnée. Peut-être venais-je seulement de comprendre que je vieillissais et que, au fil des années, la mort s'approcherait. De moi, entendons-nous.

Quelques mois plus tard, Josée s'installa un soir en face de moi, me prit la main et déclara qu'elle allait mourir. C'était le mois de mai, il faisait un soleil éblouissant, les terrasses étaient déjà ouvertes et je commençais à peine à me remettre de la mort de Damien. En trois semaines, Josée était morte, emportée par un cancer fulgurant. Sa photo fut placée sur le piano, à côté des partitions qu'elle m'avait aidée à apprendre.

Après Josée, j'ai cru que cela suffisait, que deux morts en six mois combleraient les besoins tordus du destin. Oui, je commençais à croire au destin, tout comme j'avais cru, jusqu'à la mort de Damien, que j'étais protégée.

J'aurais pu, avec le temps, me remettre de ces deux morts successives. Mais dans le petit cercle d'amis que je m'étais créé, en partie grâce à Josée, les gens les plus en santé se sont mis à mourir en même temps que les grands malades. La petite robe noire achetée pour les funérailles de Josée s'usa rapidement, alors que, mois après mois, les gens autour de moi mouraient. Ma famille, la vraie d'abord, emportée par un ouragan alors qu'ils étaient en vacances. Neuf personnes, en une seule journée. Des collègues, des membres du centre communautaire. Pendant presque deux ans, j'ajoutai tant et tant de photographies sur le piano qu'il me sembla un jour ne plus pouvoir respirer.

Quelque part entre la quatorzième et la quinzième disparition, je devins convaincue que j'étais responsable de la mort de ces personnes. Que mon choix de transformer mon appartement (l'appartement de Josée) en mémorial jouait un rôle central dans l'accumulation des décès. Je ne me souvenais plus trop ce qui avait ouvert le bal, où tout cela avait commencé, mais je demeurais certaine que la seule façon de faire cesser cela, ce serait de détruire les photographies, de retirer des murs tous ces visages morts.

« Il faudrait, me suis-je répété dix ou vingt fois par jour, il faudrait que je déplace ces photographies, que je les cache. » Mais faire cela, serait-ce trahir la mémoire des disparus, supprimer, en même temps que les carrés de papier, leur histoire ?

Et puis il y eut Nathaniel Rosen. Ce n'est pas que sa mort m'affectait davantage que les autres. Je le connaissais peu, au fond. Mais debout, là, entre les arbres, avec la pluie qui battait sur le parapluie, avec ces gouttes qui faisaient un tapage incroyable et finissaient par se glisser dans mon cou et mes souliers, je crois que je commençai à photographier, même si j'avais les mains vides. Les pierres tombales. Les petits ravins créés par la pluie sur le sol gorgé d'eau. Les visages endeuillés.

En rentrant chez moi, ce soir-là, je n'ai pas posé sur le piano la photographie de Nathaniel. J'ai retiré ma robe, l'ai lancée dans un coin avec la ferme intention de la jeter, puis suis ressortie avec un appareil photo et des chaussures sèches. Je ne sais trop ce que je tentais d'accomplir, mais je suis revenue sur mes pas, vers le cimetière. Il me semblait qu'en photographiant ainsi, directement, la mort, en remplaçant les visages des morts par la mort elle-même, je parviendrais peut-être à rompre quelque chose. À me défaire d'eux.

J'attends encore. J'attends de voir si la ronde infernale des décès à répétition s'interrompra. Sur le piano, sur les murs, sur les chaises, il y a maintenant des photographies de cimetières, d'anges de pierre et de fleurs fanées. Ce n'est pas si différent de ce dont je tentais de me dégager : toujours la mort partout autour de moi. Mais au moins, ce sont les visages de la mort que j'ai choisis.

Table

CHOIX DE TITRES PARUS DANS LA COLLECTION FICTIONS

Archambault, Gilles	*Stupeurs*
Baillie, Robert	*La nuit de la Saint-Basile*
Baillie, Robert	*Soir de danse à Varennes*
Baillie, Robert	*Les voyants*
Barcelo, François	*Agénor, Agénor, Agénor et Agénor*
Beausoleil, Claude	*Fort Sauvage*
Bédard, Jean	*La femme aux trois déserts*
Bédard, Jean	*Nicolas de Cues*
Bédard, Jean	*La valse des immortels*
Bélanger, Marcel	*La dérive et la chute*
Bélanger, Marcel	*Orf Effendi, chroniqueur*
Blondeau, Dominique	*Une île de rêves*
Boulerice, Jacques	*Débarcadères*
Boulerice, Jacques	*Le vêtement de jade*
Brossard, Nicole	*Baroque d'aube*
Brossard, Nicole	*Le désert mauve*
Charlebois, Jean	*Chambres de femmes*
Choquette, Gilbert	*Le cavalier polonais*
Chung, Ook	*Nouvelles orientales et désorientées*
Corbeil, Normand	*Un congé forcé*
Corbeil, Normand	*Voix*
Côté, Allen	*La société du campus*
Côté, François x	*Slash*
Daigle, France	*La vraie vie*
Dandurand, Andrée	*Les chemins de la mer*
Dandurand, Andrée	*Sous la peau des arbres*
Desautels, Jacques	*La dame de Chypre*
Desautels, Jacques	*Rue des Érables*
Farhoud, Abla	*Le bonheur a la queue glissante*
Farhoud, Abla	*Le fou d'Omar*
Farhoud, Abla	*Splendide solitude*
Ferretti, Andrée	*L'été de la compassion*
Ferretti, Andrée	*Renaissance en Paganie*
Ferretti, Andrée	*La vie partisane*
Gagnon, Madeleine	*Je m'appelle Bosnia*
Gardereau, Thibault	*Le livre d'un croque-mort*
Gobeil, Pierre	*Dessins et cartes du territoire*
Godin, Marcel	*Maude et les fantômes*
Gravel, Pierre	*La fin de l'Histoire*
Huot, Jean-Sébastien	*Le portrait craché de mon père*
Jobidon, Gilles	*L'âme frère*
Jobidon, Gilles	*D'ailleurs*
Kattan, Naïm	*L'amour reconnu*
Kattan, Naïm	*La célébration*
La France, Micheline	*Le visage d'Antoine Rivière*
La France, Micheline	*Vol de vie*

Lalancette, Guy	*Un amour empoulaillé*
Lanseigne, Jean-François	*Orages*
Laurier, Anne	*Le crime inachevé*
Lazure, Jacques	*Le jardin froissé*
Lazure, Jacques	*Les oiseaux déguisés*
Leclair, Dany	*Le sang des colombes*
Letarte, Geneviève	*Souvent la nuit tu te réveilles*
Macé, Nicole	*Marie Carduner, Fille du Roy*
Macé, Nicole	*Voyage en terre inconnue*
Malenfant, Paul Chanel	*Des airs de famille*
Marcel, Jean	*Sous le signe du singe*
Marchand, Jacques	*Le premier mouvement*
Marchand, Jacques	*Les vents dominants*
Martel, Émile	*Humanité, nouvelle tentative*
Mercure, Luc	*Les saintes Marie de la mer*
Molin Vasseur, Annie	*Zéro un*
Monette, Madeleine	*Amandes et melon*
Monette, Madeleine	*La femme furieuse*
Ollivier, Émile	*Passages*
Ouellette, Gabriel-Pierre	*Les oriflammes noires*
Paul, Raymond	*La félicité*
Paul, Raymond	*Six visages de Charles*
Poissant, Isabelle	*La fabrication d'un meurtrier*
Racine, Rober	*Là-bas, tout près*
Racine, Rober	*Le mal de Vienne*
Saint-Martin, Lori	*Lettre imaginaire à la femme de mon amant*
Soderstorm, Mary	*L'autre ennemi*
Soderstorm, Mary	*Robert Nelson, le médecin rebelle*
Tétreau, François	*En solo dans l'appareil d'État*
Villemaire, Yolande	*Le dieu dansant*
Villemaire, Yolande	*Vava*
Zagolin, Bianca	*L'année sauvage*
Zagolin, Bianca	*Les nomades*
Zumthor, Paul	*La fête des fous*
Zumthor, Paul	*La porte à côté*
Zumthor, Paul	*La traversée*

Cet ouvrage composé en Minion corps 12 a été achevé d'imprimer au Québec
le six mars deux mille huit sur papier Quebecor Enviro 100 % recyclé sur les
presses de Quebecor World à Saint-Romuald pour le compte de VLB éditeur.

100%

BIO GAZ
ÉNERGIE